http://www.bbulmedia.com

http://www.bbulmedia.com

天魔神敎
천마
신교

天魔神教

천마
신교

5

운후서 신무협 장편 소설

目次

第一章

지존귀환(至尊歸還)

개방 총타에 도착한 무결개는 하루하루 근심이 쌓여 갔다.

마교의 태상 교주를 눈앞에서 보았다!

이 사실을 당장에라도 말하고 싶었건만, 무언가가 자신의 입을 틀어막고 있었다.

실제로 본 태상 교주라는 놈은 소문처럼 악독하지도 잔인하지도 않았다.

오히려 요즘 썩어 가는 정파의 젊은 놈들에 비해 진정 무인 같았다.

살인을 즐기지도 않았으며, 힘을 자랑하지도 않았다.

'끄응, 그런 놈이 마교의 태상 교주라니……'

분명 그놈이 살아 있는 이상 마교는 어떤 방법을 쓰든지

부활할 것이다.

그런데 그게 언제냐가 문제였다.

자신이 태상 교주가 살아 있음을 발표한다 쳐도, 그는 숨어 버리면 그만이었다.

그렇게 되면 개방은 거짓말을 하였다고 손가락질을 당할 것이었다.

더 이상 단일 최강 문파 마교는 존재하지 않기에 얼마든지 숨어서 힘을 기를 수 있을 것이었다.

물론 마교에서 뿔뿔이 흩어진 마인들은 마교를 세우기 위해 노력하고 있었다.

최근에는 강호무림맹 총타를 덮치려는 마인들의 계획을 정검협 이우도가 눈치채고, 오히려 뒤통수를 치기 위해 배수진을 쳤다고 해 왔다.

그러나 그 결과는 전멸!

게다가 정검협이라 불리며 절정의 고수로 유명했던 이우도마저 목숨을 잃었다 했다.

흉수는 절정에 다다른 마도 고수들이라고 알려져 있었다.

너무나도 단순하고 매끈하게 남겨진 검흔으로 보아 쾌검에 당한 것이 아닌가 하는 추측은 있었으나, 여기저기 널브러진 시신들 탓에 그 누구도 한 명의 짓이라고는 생각지도 못했다.

그렇게 강호무림맹 총타 사건은 미궁 속으로 빠져 갔다.

하지만 무결개는 확신했다.

'그놈이다. 그놈이 분명해.'

땅이 꺼져라 한숨을 푹푹 내쉬던 무결개가 벌떡 몸을 일으켰다.

"어디 가십니까?"

거지가 놀란 눈으로 물어 오자, 무결개가 별일 아니라는 듯 손을 휘저었다.

"잠시 나갔다 오마."

평상시에도 무결개는 자주 외출을 하였고, 한참 동안 돌아오지 않은 적도 잦았기에, 거지는 그러려니 고개를 끄덕였다.

"갔다 오십쇼."

"집 잘 지켜라."

"하하, 걱정 마십쇼."

"내가 꿍쳐 놓은 어전(魚荃), 어디 있는지 알지?"

무결개가 갑작스럽게 묻자, 거지의 눈동자가 당황으로 살짝 흔들렸다.

"무, 무결개님이 숨겨 놓은 어전이라뇨?"

거지가 짐짓 모른다는 듯 답하자, 무결개가 혀를 차며 거지의 머리를 쳤다.

따악.

"악!"

경쾌한 소리와 함께 거지가 비명을 내지르자, 무결개가 고개를 내저으며 꾸짖듯 말했다.

"저번에도 내가 꿍쳐 놓은 당과를 네놈이 먹었잖느냐? 하여튼, 이번에는 늦게 올 것 같다. 어전은 금방 상하니까 먹도록 해라."

그 말을 끝으로 무결개가 대문을 나섰다.

홀로 남겨진 채 머리를 쓰다듬던 거지의 입에 미소가 걸렸다.

"그걸 어찌 아셨지? 그나저나, 흐흐. 어전 좀 먹어 볼까."

* * *

밝은 달이 어둠을 밝혀 주고 있었다.

독고천이 선두로 앞장서고 있었고 그 뒤로 마인들의 뒤쫓았다.

독고천의 옆에는 천선우가 주위를 살피며 걸어가고 있었다.

천선우가 먼 곳을 손가락으로 가리키며 꾹 다문 입을 열었다.

"저기, 본산이 보입니다."

"그렇군."

독고천이 무미건조하게 고개를 끄덕이자, 천선우가 살짝

걱정스런 표정으로 말을 이었다.

"저곳에는 지금 많은 정파의 고수들이 진을 치고 있습니다. 그러니 좀 더 많은 수의 수하들을 모은 후에 본산을 되찾는 것이……."

"정파의 고수?"

독고천이 담담히 되묻자, 천선우가 고개를 조아렸다.

"예. 족히 백여 명이 넘는 정파의 고수들이 진을 치고 있다고 합니다. 괜한 소란이 일어날 우려가 있으니 한 번에 제압이 가능할 때를 노려……."

천선우의 말을 끊는 듯이 독고천이 손을 들어 올리자 천선우는 언제 입을 열었냐는 듯 입을 굳게 다물었다. 독고천이 슬쩍 고개를 돌려 천선우를 바라보았다.

독고천과 눈이 마주치자 천선우는 자신도 모르게 몸이 떨려 왔다.

예전의 그가 아니었다.

무언가 달랐다.

깊고 맑아 보였던 눈동자는 우물처럼 칙칙해졌지만 마치 산 위에서 포효하는 한 마리 흑호를 보는 것만 같았다.

온몸에서 핏빛 마기가 마치 연기처럼 연신 흘러나오며 천선우를 짓눌러 오고 있었다.

독고천이 조용히 천선우를 바라보고 있다가, 입을 달싹였다.

"기다려라."

"예?"

천선우가 당황하며 되물었지만, 이미 독고천의 신형은 쏘아져 나가고 있었다.

천선우가 급히 뒤따라가려 했지만, 지엄한 태상 교주의 명을 어길 수 없었다.

왠지 모를 기대감과 흥분감이 천선우의 온몸을 뒤덮고 있었다.

무언가 보여 줄 것 같았다.

순식간에 독고천의 신형이 점과도 같이 변해 버리더니, 금세 종적을 감추었다.

천선우는 멍한 표정으로 사라진 독고천의 뒷모습을 바라보다가, 문뜩 뒤를 흘겨보았다.

마인들의 모습이 눈에 들어왔다.

낡아 빠진 의복에 모두들 씻지도 못했는지 더러웠다. 잘먹지도 못하여 얼굴에는 누런 기운마저 껴 있었다.

시큼한 악취도 곳곳에서 풍겨 나왔다.

천선우의 손톱이 손바닥을 파고들었다.

자신들이 나쁜 놈들이던 것은 맞다.

하지만 자신들은 함부로 시비를 걸지 않았다.

오히려 강하다는 이유로 핍박받았고, 다르다는 이유로 고립당했다.

그리고 결국에는 멸문까지 당하여, 마인들은 자신들의 보금자리조차 잃고 말았다.

천선우는 이를 갈았다.

'드디어 때가 왔다. 우린 그동안 너무 잠잠했다. 이제 태상 교주님을 중심으로 강호 위에 군림할 때가 온 것이다.'

천선우가 굳은 다짐을 하며 안타까운 눈으로 마인들을 흘기고 있을 때, 어느새 독고천이 옆에 다가와 있었다.

기척도 느끼지 못했기에 천선우가 흠칫하며 옆으로 비켜섰다.

"오, 오셨습니까."

천선우가 당황하며 말을 더듬자, 독고천이 천선우를 바라보더니 고개를 끄덕였다.

"가자."

그 말을 끝으로 독고천이 터벅터벅 걸어가기 시작했다.

잠시 멍하니 서 있던 천선우가 마인들에게 외치듯 말했다.

"가자."

독고천을 뒤쫓는 천선우는 아리송한 표정을 지으며 고개를 갸웃거렸다.

'어디를 갔다 오신 것이지?'

그러나 그 의문점은 머지않아 풀렸다.

천마신교의 총타가 있던 그곳.

동시에 현판이 박살 나고 교인들의 피와 시체로 시산혈해를 이룬, 강호무림맹의 무사들이 지키던 그곳.

그곳에는 피투성이가 된 정파인들의 시체가 널브러져 있었다.

시체들의 표정은 모두 경악으로 물들어 있었다. 천선우가 멍하니 시체들을 훑어보다가 조심스럽게 독고천에게 물었다.

"태상 교주님께서 직접 하신 것입니까?"

독고천이 슬쩍 천선우를 쳐다보더니 고개를 살짝 까닥이며 대문을 지나쳤다.

천선우가 마른침을 삼키며 독고천의 뒤를 따랐는데 대문 안은 더욱 가관이었다.

족히 오십여 명은 넘을 듯한 시체들이 부러진 병장기와 함께 널브러져 있었다.

마찬가지로 그들의 표정은 경악, 그 자체였다.

천선우의 전신이 흥분으로 떨리기 시작했다.

자신들의 선택은 옳았다.

그동안의 기다림은 헛된 것이 아니었다.

거침없이 걸어가던 독고천의 걸음은 한 곳에서 멈추었다.

장소연의 애도가 박혀 있던 자리였다.

아직도 구멍은 또렷이 남아 있었다.

마치 장소연의 영혼이 남겨져 있다는 듯이.

독고천은 씁쓸한 기분이 들었지만, 이내 털어내고 발걸음을 옮겼다.

천선우도 그 점을 눈치챘는지 고개를 주억거리며 내심 침음을 흘렸다.

'아시나 보군……'

천선우도 잠시 걸음을 멈추고 장소연의 애도가 꽂혀 있던 자리에 살짝 고개를 조아렸다.

'장소연, 보고 있느냐. 태상 교주님의 귀환을.'

천선우가 아련한 표정을 지으며 슬쩍 하늘을 올려다본 후, 곧바로 독고천의 뒤를 쫓았다.

전각 안은 조촐했다.

화려했던 장식들과 가구들은 모두 박살이 나 있었고, 바닥은 먼지로 덮여 있었다.

독고천은 주위를 슬쩍 둘러보더니, 단상 위에 놓여 있던 망가진 의자에 앉았다.

삐그덕.

의자가 당장에라도 부서질 듯 휘청거렸지만, 독고천은 아랑곳하지 않았다.

뒤따라온 천선우와 마인들은 독고천이 단상 위에 있는 것을 보고 곧바로 정중히 부복했다.

잠시간의 침묵이 흘렀다.

의자에 앉은 채 그들을 내려 보던 독고천이 굳게 다물고 있던 입을 열었다.

"오래 기다렸느냐?"

"아닙니다!"

천선우를 비롯한 마인들이 격앙된 목소리로 힘차게 외쳤다.

독고천이 가볍게 고개를 까닥이며 다시 말을 이어 나갔다.

그 말은 천선우와 마인들의 가슴속을 쥐어 흔드는 말이었다.

"그래, 살아만 있다면 기다림이란 중요치 않다. 곧 전 강호에 알려질 것이다. 천마신교의 재건이."

천선우와 마인들은 쏟아지려는 눈물을 참은 채 고개를 정중히 조아리며 전각이 무너져라 외쳤다.

"존명!"

"오늘은 이만 휴식을 취해라."

독고천의 담담한 말에 마인들이 감동을 뒤로하고 서서히 흩어졌다.

"천 부교주는 남아라."

뒤돌아서려던 천선우가 고개를 끄덕이며 독고천 앞에 섰다.

천선우의 표정은 상기되어 있었다.

"무슨 일이십니까?"

"자네는 나와 함께 수하들을 다시 데려와야 하네."

"수하들이라면?"

"그래, 흩어진 녀석들 말이지."

독고천의 나직한 말에 천선우의 표정이 더더욱 밝아졌다.

"그것이라면 걱정 안 하셔도 됩니다. 이미 제가 절대마령 대와 염화염왕대에 접촉을 해 놓아 그들의 위치를 알고 있 습니다."

천선우의 말을 조용히 듣고 있던 독고천이 만족한 듯 고 개를 주억거렸다.

"당장 떠나도록 하지."

"존명!"

                    *   *   *

천선우가 객잔의 문을 열었다.

끼익.

향긋한 음식 내음과 시끌벅적한 소음이 입구로부터 흘러 나왔다.

"어서 오십쇼. 두 분이십니까?"

점소이가 활짝 미소를 지으며 환대해 왔다.

그런데 점소이의 시선이 천선우 뒤에 서 있던 독고천에 닿자 기겁하며 뒷걸음질쳤다.

"허억!"

독고천의 몸에서는 핏빛 마기가 물씬거리며 풍겨 오고 있었다.

그 엄청난 위압감에 점소이는 당장에라도 혼절할 듯 보였다.

숨이 넘어가려는 점소이를 본 독고천의 몸에서 흘러나오던 핏빛 마기가 증발한 것처럼 없어졌다.

핏빛 마기가 사라지자 점소이는 숨을 헐떡이며 고개를 갸웃거렸다.

분명 이가 떨리도록 엄청나게 무서운 기운이 자신을 짓누르고 있었는데, 귀신의 곡할 노릇처럼 갑자기 사라지고 만 것이었다.

그러나 앞에 손님을 두고 딴생각을 할 수 없었기에 힘겹게 입을 열었다.

"따, 따라오십시오."

앞장서서 걸어가는 점소이는 몇 번 몸을 크게 휘청거리며 힘겹게 걸음을 옮겼다.

독고천의 손이 허공을 갈랐다.

파앗.

순간, 점소이는 맑은 기운이 스며 들어오는 것을 느꼈다.

그리고 곧바로 몸이 활력을 되찾더니 전신이 물고기처럼 팔딱거리기 시작했다.

"오오."

점소이의 괴상망측한 행동에 뒤에서 그것을 지켜보던 객잔 주인이 경을 쳤다.

"이놈아! 지금 손님들 앞에서 이게 무슨 짓이냐? 저를 따라오십쇼, 손님."

객잔 주인이 점소이를 거칠게 뒤로 밀치고는 헤벌쭉 웃어왔다.

독고천과 천선우가 무표정을 지은 채 객잔 주인 뒤를 쫓았다.

홀로 멍하니 서 있던 점소이가 고개를 갸웃거리며 자신의 몸을 내려다보았다.

몸에서 연신 활력이 흘러나오고 있었다.

점소이는 어리둥절한 듯 고개를 갸웃거렸지만, 좋은 게 좋은 거라고 희희낙락 웃었다.

"뭐, 힘이 넘치면 좋지. 오늘 마누라한테 힘 좀 써 볼까나."

의자에 앉은 천선우가 슬쩍 점소이를 쳐다보다가 독고천에게 조심스레 물었다.

"말로만 듣던 의기상인의 경지가 맞습니까?"

의기상인(意氣相引)!

허공을 격하고 마음대로 기를 움직일 수 있다는 전설의 경지가 바로 의기상인의 경지였다.

그런 지고한 경지를 사용해 점소이의 몸에 들어간 마기의 영향력을 몰아내면서 그와 더불어 원래 쌓여 있던 탁기까지 날아가게 되었다.

그렇기에 점소이의 몸에는 순수한 기운만 남아 있게 되어 활력을 되찾은 것이다.

독고천이 맞다는 듯 고개를 끄덕이자, 천선우는 내심 경악했다.

'도대체 어떤 경지를 이룩하신 것이지…….'

의기상인의 경지는 그저 노력만 해서 이룩할 수 없는 경지였다.

적어도 몇 십 년간 무공 하나에만 목숨을 걸고 파야 겨우 얻을까 말까 한 경지가 바로 의기상인의 경지였다.

그렇기에 놀람과 동시에 안도의 한숨을 쉬었다.

솔직히 독고천이 천마신교의 재건을 말할 때만 해도 절로 환호성을 지르며 흥분이 되었으나 곰곰이 생각해 보면 성공할 확률이 희박한 도박이었다.

어찌 그 많은 정파 놈들의 감시를 피해 본 교를 다시 세운단 말인가.

하지만 독고천의 경지를 조금씩 엿볼 때마다 그것이 잘못된 생각임을 알 수 있었다.

오히려 그런 의심을 가진 것 자체가 미안할 지경이었다.

흥분을 애써 감춘 천선우가 문뜩 무언가 생각난 듯 급히 물었다.

"그런데 저희가 이렇게 자리를 비우면 본산은 어찌합니까? 아마 정파 놈들이 연락이 안 됨을 알고 찾아올 것 같은데 말이죠."

"걱정할 필요 없다."

독고천의 단호한 대답에 천선우가 저도 모르게 고개를 끄덕였다.

그가 그렇다면 그런 것이다.

그러나 궁금한 것은 어쩔 수 없었다.

"왜인지 여쭈어도 되겠습니까?"

"이미 그곳에 절진을 설치해 놓았다."

"절진 말입니까?"

독고천의 뜻밖의 대답에 천선우가 놀라며 되묻자, 독고천이 담담히 말을 이었다.

"마기를 풍기지 않으면 절대로 입장하지 못하게 절진을 쳐 놓았다."

계속된 놀람에 천선우는 그만 지쳐 버렸다.

도대체 눈앞의 이분은 자신을 얼마나 더 놀래켜야 그만둘 것인가.

"살상진입니까?"

"환상진이다."

"그럼 정파 놈들이 들이닥칠 경우, 어떤 일이 생깁니까?"

"그들의 동료를 만나겠지."

말도 안 된다는 소리가 목끝까지 올라왔지만 억지로 집어삼켰다.

눈앞의 이분이라면 이제 무엇을 해도 납득을 해야 했다.

눈앞의 사내는 보통 사내가 아니었기에.

"그럼 연락은 어떻게 됩니까?"

"미리 수하에게 강호무림맹에 전서구를 꾸준히 날리라고 명령해 놓았다."

어찌 그런 일이 가능하고, 어떻게 그걸 다 알아보았냐고 물어보려 했지만 천선우는 담담히 고개를 끄덕일 뿐이었다.

갑자기 천선우가 정중히 고개를 조아리며 진심 어린 목소리로 말했다.

"충성을 다하겠습니다."

"그럼 충성을 다하지 않으려 했나?"

독고천이 새삼스럽다는 듯 묻자, 천선우의 입가에 슬쩍 미소가 맺혔다.

"더욱 충성을 다하겠습니다."

"열심히 하도록."

독고천이 슬쩍 천선우의 어깨를 툭, 치며 힘내라는 듯 말하자, 천선우는 감동으로 몸이 떨려 왔다.

눈앞의 사내는 전설이 될 것이다.

그리고 자신은 옆에서 전설의 탄생을 지켜볼 것이었다.

얼마 지나지 않아 점소이가 음식을 들고 탁자에 올려놓았다.

소면과 만두였는데, 천선우는 갑자기 떠오르는 추억으로 아련한 기분을 느꼈다.

예전 강호에 나갔을 때도 독고천이 시켰던 것이 소면과 만두였다.

그런데 전혀 식성이 달라지지 않았던 것이다.

그때와는 비교도 못할 정도로 강해져서 낯선 느낌이 들 정도였다.

하지만 그는 변하지 않았다.

한때 같은 동기로서 살수 수련을 받고, 서로 경쟁 의식을 느끼던 그런 상대이자, 지금은 자신만의 영웅이 되어 버린 그.

천선우는 새삼 감회에 젖었다.

묵묵히 만두를 씹어 먹던 독고천이 한쪽을 바라보았다.

천선우도 독고천의 시선을 쫓아 뒤를 흘겨보았는데, 낡은 백의를 입은 봉두난발의 중년인이 객잔 내로 들어오고 있었다.

멀리서 보아도 쾨쾨한 냄새가 날 것 같은 거지였다.

그런데 백의거지가 문득 독고천에게 시선을 돌리더니, 성큼성큼 다가오는 것이 아닌가.

천선우가 무언가를 감지하고 몸을 일으키려 하자, 독고천이 눈빛으로 제지했다.

어느새 독고천 지척에 다다른 백의거지, 무결개가 누런 이를 내보이며 씨익 웃었다.

"드디어 찾았다."

"오랜만이오."

독고천이 담담히 말하자 무결개가 내심 탄성을 내질렀다.

'몰라보게 강해졌구나. 아니, 강해진 것조차 느끼지 못하겠다. 도대체 어떤 기연을 얻은 것이냐, 이놈.'

"그래, 오랜만이구나. 꽤나 멀쩡하구나?"

무결개가 내심 다치기 바랐다는 듯 말했지만, 독고천은 신경 쓰지 않았다.

"유감스럽게도 말짱하오."

독고천의 무심하면서도 단호한 대답에 무결개는 어금니를 꽉 깨물었다.

잠시 침묵을 지키던 무결개가 갑자기 독고천 옆에 있던 의자에 털썩 주저앉고는 만두를 집어 먹기 시작했다.

한참 동안 조용히 만두를 집어 먹던 무결개가 입을 열었다.

"……복수를 하겠지?"

담담하면서도 씁쓸한 무결개의 질문에 독고천은 살짝 고개를 까닥였다.

무결개가 재차 물었다.

"갑절로 하겠지?"

독고천이 다시 고개를 까닥이자, 갑자기 무결개가 몸을 휙 돌리며 독고천과 마주 보았다.

무결개의 눈동자는 동요 없이 독고천의 눈을 똑바로 직시하고 있었다.

"……강호를 없애지만 말아라."

무결개의 입에서 간절한 부탁이 흘러나오자, 독고천은 예상치 못했다는 듯 살짝 눈동자가 흔들렸다.

"무슨 소리인지 모르겠소만."

독고천이 묵묵히 고개를 내저으며 말하자, 무결개의 눈이 번뜩였다.

"나도 나름 알아주는 고수다. 그런데 나는 지금의 네 무위를 추측조차 못하겠다. 마치 넓고 넓은 망망대해 한가운데에 있는 것만 같다. 개방에 말해서 네놈을 없애자고 외치고 싶지만 나는 못하겠다. 나는 이미 네 모습을 얼핏이나마 보았고, 너에게서 짙은 피 냄새는 맡았지만 소문처럼 악독한 면은 보지 못했다. 나는 내가 본 것만 믿는다."

"그래서 결론이 뭐라는 것이오?"

"네가 마교의, 아니, 천마신교의 태상 교주라는 것을 들었다. 그렇다면 이제 복수를 하겠지. 귀마자라고 불리는 자들이 중원 곳곳에서 모이고 있다는 소식을 얼핏 들었다."

무결개가 잠시 차를 마시며 목을 축이더니 말을 이어 나갔다.

"그리고 천마신교를 재건하겠지. 그 말은 강호에 피바람이 불 것이라는 것이다. 그러니 내 부탁은 강호를 없애지는 말아 달라는 것이다."

"본 교가 강호를 없앨 수 있을 거라 생각하시오?"

옆에서 조용히 듣고 있던 천선우가 살짝 상기된 표정으로 끼어들었다.

무결개가 슬쩍 옆을 바라보고는 참담한 표정으로 고개를 끄덕였다.

"지금의 강호라면 가능하다. 강호무림맹은 비리로 가득 찼고, 정도련은 자신의 세력을 넓히기에 혈안이 되어 있을 뿐이다. 구파일방은 예전의 명성을 잃었지. 지금이라면 충분히 강호는 천마신교의 손에 떨어질 수 있다."

무결개는 평상시 개방에서도 냉철하고도 정확한 판단력으로 유명했다.

그러한 무결개가 말하는 것이라면 십의 팔은 진실이라 봐야 했다.

담담한 눈으로 무결개를 바라보고 있던 독고천이 소면 그 릇을 들어 국물을 들이켰다.

독고천이 소면을 우물거리며 탄성을 내뱉었다.

"크으."

독고천이 입에 묻은 국물을 소매로 대충 닦은 후 무결개 를 바라보았다.

무결개의 눈동자가 심히 흔들렸다.

방금 그 행동은 무언의 시위였다.

자신은 명가의 후계자가 아니라는 시위.

명가의 후예는 소매에 입가를 닦는 행위는 하지 않는다.

철저한 교육을 받기에 그런 사소한 것조차 용납되지 않는 다.

소면을 삼킨 독고천이 입을 열었다.

"꺼억."

갑작스런 트림에 옆에 있던 천선우가 당황해했다.

평상시에 볼 수 없던 독고천의 모습이었기에.

항상 진중하고 거대한 산과도 같았던 독고천만 보아왔기 에 더욱 충격이 컸다.

그러나 독고천의 그런 행동을 보는 무결개의 몸은 긴장감 으로 떨려 왔다.

"후."

독고천이 살짝 숨을 내뱉자, 역겨운 냄새가 무결개의 코를 찔러 왔다.

무결개가 인상을 살짝 찌푸리자, 독고천이 입을 열었다.

"난 마도인이오. 그러니 같잖은 잣대로 나를 판단하려 하지 마시오."

독고천의 말을 들은 무결개는 머리를 무언가에 맞은 듯 멍해졌다.

그랬다.

눈앞의 상대는 천마신교 최강이라는 태상 교주라는 마인이었다.

불세출의 마인, 독고천.

세간에 잊혔던 이름이 새삼스럽게 무결개의 뇌리를 스쳐 지나갔다.

나중에서야 구파일방의 진술에 의해 흑검제의 정체가 천마신교 태상 교주 독고천이라는 것이 알려진 후 독고천의 명호는 바뀌게 되었다.

검마(劍魔)!

검객의 길을 걷는 마도인들의 우상.

정도를 걷는 자들의 염라대왕.

강호를 전율케 했던 그는 바로 눈앞의 사내, 독고천이었다.

"강호는 나를 건드렸고, 강호는 그에 마땅한 대가를 치를 것이오."

단호한 독고천의 말에 무결개가 침음을 삼켰다.

독고천의 얼굴을 조용히 바라보고 있던 무결개가 힘없이 몸을 일으켰다.

"최소한 개방 대신에 내가 사과하겠네. 자네에게 했던 모든 행동들에게 대해 미안하네. 그럼."

무결개는 정중히 고개를 조아리며 포권을 한 후 미련 없이 객잔을 나갔다.

잠시간의 정적이 흘렀다.

천선우는 조용히 소면을 집어 먹고 있었고 독고천은 사색에 잠긴 듯 눈을 살짝 감고 있었다.

그런데 객잔 문이 벌컥 열렸다.

네 명의 사내가 성큼성큼 객잔 안으로 들어섰는데 객잔 주인이 기겁하며 앞으로 뛰쳐나갔다.

"여, 여긴 웬일로……."

"왜? 오면 안 되나?"

가장 앞에 서 있던 매부리코의 사내가 한껏 인상을 찌푸리며 거칠게 말했다.

객잔 주인이 고개를 힘차게 내저으며 애써 미소를 짓더니 답했다.

"아, 아닙니다. 오늘도 창가 쪽으로 자리를 잡아 드리면 됩니까?"

"알고 있으면 빨리빨리 알아서 해라."

객잔 주인이 고개를 몇 번이나 정중하게 숙이고는 독고천이 앉아 있는 탁자로 조심스럽게 다가왔다.

객잔 주인이 땀을 삐질삐질 흘리며 힘겹게 입을 열었다.

"저, 죄송하지만 다른 곳으로 자리를 옮겨 주실 수 있는지……."

객잔 주인은 죽을 맛이었다.

탁자에 앉아 있는 독고천과 천선우는 누가 뭐래도 분명 강호인이었다.

허리춤에 검을 차고 있는 것만 봐도 알 수 있었다.

문제는 강호인들은 자존심에 상처가 나는 것에는 가만있지 못한다는 것이다.

그만큼 강호인들은 자존심이 강했다.

설령 그것이 자신의 목숨으로 귀결되는 문제라 해도 자존심이 걸린다면 쉽게 물러서지 않았다.

저 애송이 놈들을 위해 탁자를 옮겨 달라고 부탁하는 순간 당장 검을 뽑을지도 몰랐다.

검을 뽑는 순간 객잔 내는 엉망진창이 되고 대부분의 경우 객잔 주인의 피 같은 사비로 수리를 해야 했다.

그렇기에 객잔 주인이 조심스럽게 물으며 연신 독고천과 천선우의 눈치를 살폈다.

천선우가 슬쩍 사내들을 흘겼다.

대충 보아도 명가의 자식들이었다.

고급스러운 비단으로 만들어진 의복들.

한 번도 손대지 않은 듯한 매끄러운 검병.

그리고 어딘지 모르게 기품이 흐르지만 건방져 보이는 모습.

그것이 강호 명가들의 현 주소였다.

천선우는 아직 천마신교의 재건이 확실치도 않은 상태에서 쓸데없는 사건을 피하고자 했다.

슬쩍 독고천의 의향을 보기 위해 고개를 돌렸던 천선우는 침을 삼킬 수밖에 없었다.

독고천은 묵묵히 만두를 우물거리며 먹고 있었다.

움직이지 않겠다는 무언의 시위였다.

객잔 주인의 얼굴이 순식간에 창백해졌고 천선우도 내심 난처한지 낭패의 기색을 표했다.

그 상황을 눈치챘는지 네 명의 사내가 어슬렁거리며 탁자로 다가왔다.

"이봐."

매부리코의 사내가 탁자에 손을 탁 올려놓으며 이죽거렸다.

그런데 그때였다.

갑자기 사내의 눈동자가 흔들리더니 자신의 손을 무의식

적으로 내려다보았다.

감각이 사라진 손과 손목에서 솟구치는 핏물.

푸아아악!

"으아악!"

사내가 손목을 부여잡으며 뒤로 물러섰다.

탁자에 올려놓았던 손은 그대로 잘린 채 올려져 있었다.

매부리코의 사내가 당장에라도 혼절할 듯 눈을 까뒤집으며 뒤로 널브러졌다.

세 명의 사내가 신속히 병장기를 뽑으며 탁자를 둘러싼 후 차갑게 외쳤다.

"우리가 누군지 알고 이런 짓을 저지른 것이냐!"

"너야말로 내가 누구인지 알고 이러는 것이지?"

독고천의 나직한 말에 사내들의 눈동자가 흔들렸다.

세 명이라는 수적 우위에 불구하고 상대방은 눈도 깜작이지 않고 있었다.

둘 중 하나였다.

세상 물정 모르는 애송이거나.

진짜 고수거나.

그러나 중경 지역에 자신들을 거역할 만한 고수는 존재하지 않았다.

사내들, 중경사웅(中京四熊)은 중경의 패자였다.

그들의 문파는 하나같이 중경을 꽉 잡고 있었으며 배경은 하나같이 대단했다.

중경 최고의 거부들이 그들의 아버지였던 것이다.

중경사웅이 서로 눈치만 보며 눈동자를 굴리고 있자 독고천이 벌떡 몸을 일으켰다.

갑작스런 움직임에 중경사웅이 움찔거리며 뒤로 물러섰다.

독고천이 고개를 설레설레 내저었다.

"정도인이냐?"

"그게 무슨 개차반 같은 소리냐!"

중경사웅이 어이없다는 듯 되물었다.

그것도 그럴 것이, 마도인과 사파인들은 모두 없어진 지 오래였다.

중원은 말 그대로 정도의 세상인 것이다.

그러나 그들은 몰랐다.

눈앞의 사내가 마도인의 정점이라 할 수 있는 사내라는 것을.

"정도가 더 이상 정도가 아니게 되었군."

그 말을 끝으로 독고천이 객잔 문 쪽으로 성큼성큼 걸어갔다.

천선우는 어리둥절하며 그 뒤를 쫓았는데 이상하게도 중경사웅은 멍하니 서 있는 채 아무 말도 하지 않고 있었다.

문득 천선우의 뇌리에 무언가 스쳐 지나갔다.

'설마……'

멀쩡히 서 있던 중경사옹이 피를 토하며 무너지듯 쓰러지는 것이 아닌가.

천선우가 급히 널브러진 중경사옹의 몸을 훑었다.

그들의 몸에는 작은 혈선들이 목에 그어져 있었는데 하나같이 일정한 길이와 깊이였다.

천선우는 경악할 수밖에 없었다.

세 번의 검 중 한 번도 보지 못했다.

분명 일검이 아니라 세 번에 걸쳐서 벤 흔적이었다.

그런데도 눈치조차 채지 못했다는 것은 독고천의 쾌검이 이미 인간의 경지를 넘어선다는 것을 뜻했다.

'이게 도대체.'

충격에서 헤어 나오지 못하던 천선우가 급히 독고천의 뒤를 쫓았다.

독고천은 무표정한 얼굴로 하늘을 올려다보고 있었다.

어느새 다가온 천선우가 긴장된 표정으로 독고천의 뒤에 서 있었다.

"무슨 생각을 하십니까?"

"그때를 기억하느냐."

"언제 말씀이십니까?"

"우리가 소림에 갔던 날."

독고천의 중얼거리는 듯한 말에 천선우가 고개를 끄덕였다.

"기억합니다."

"그때만 해도 정도는 정도였는데 말이지."

독고천의 말투는 덤덤했지만 그 속에 무언가 알지 못할 씁쓸함이 젖어 있었다.

"고인 물은 썩기 마련입니다."

천선우의 대답에 독고천이 만족한 듯 고개를 주억거렸다.

"그래, 이제 그 고인 물을 흘릴 때가 온 것이지."

독고천의 칙칙해 보이던 눈이 희미하게 번뜩였다.

*　　*　　*

"바로 저깁니다."

천선우가 한곳을 가리키자 허름한 초가집이 눈에 들어왔다.

독고천이 고개를 끄덕였다.

"염화염왕대인가 보군."

천선우는 내심 놀랐지만 상대가 독고천이기에 간단히 수긍하며 고개를 끄덕였다.

"예. 염화염왕대입니다."

"땅속에서 살고 있는 건가?"

"예? 그건 잘 모르겠고, 우선 여기에서 숨어 지내라고 해 놓았습니다."

"땅속에 커다란 지하도를 파 놓았군."

독고천이 그 말을 끝으로 성큼성큼 초가집으로 향해 걸어 갔다.

천선우는 급히 막아서며 외치듯 말했다.

초가집 근처에는 내공을 지니고 있으면 입장을 불허하는 진법이 펼쳐져 있었다.

"저기에는 진법이 있어서 암호를 해독해야만……."

그런데 독고천이 아무런 저항 없이 진법을 통과하는 것이 아닌가.

아무리 급조한 탓에 허점이 많은 진법이라지만 저렇게 아 무렇지도 않게 통과할 만한 진법은 결코 아니었다.

천선우는 혀를 내두르며 뒤를 쫓았다.

순간, 천선우는 무언가에 머리를 부딪쳐 뒤로 나자빠질 뻔했다.

"헉."

진법은 그대로였던 것이다.

독고천이 강력한 내공으로 진을 뭉개며 지나간 것이 아니 라 진에 스며들어 통과했다는 것이었다.

그러면 그렇다고 말이라도 해 주실 것이지.

천선우는 내심 투덜거리며 옆에 있던 나뭇가지를 진법 곳 곳에 쑤셔 넣었다.

작은 소음과 함께 이질감이 느껴졌던 진법이 없어지는 것을 느꼈다.

진법 안으로 들어서자마자 본 것은 염화염왕대가 흙투성이가 된 채 부복하고 있는 광경이었다.

몇몇은 흐느끼며 몸을 떨고 있었다.

독고천은 묵묵히 그들을 내려다보며 무언가를 말하고 있었다.

"이제 천마신교의 재건이 멀지 않았다. 하지만 그전에 해야 할 것이 있다."

독고천이 문득 입을 다물고는 조용히 염화염왕대원들을 내려다보았다.

그들은 독고천의 시선을 느끼고 더욱 정중히 고개를 조아렸다.

독고천이 문득 입을 열었다.

"그것은 복수다."

복수라는 말에 염화염왕대원들의 몸이 흥분으로 부르르 떨려 왔다.

드디어 때가 온 것이다.

그동안의 치욕을 갚을 날이 눈앞에 다가온 것이다.

"다들 준비되었는가?"

덤덤한 독고천의 말에 염화염왕대원들의 우렁찬 외침이 숲 속에 울려 퍼졌다.

"옛!"

담담한 눈빛으로 염화염왕대원들을 훑어보던 독고천이 나직이 말했다.

"내일 무당(武黨)을 지운다."

무당이라는 말에 천선우를 비롯한 모든 이들의 눈이 경악으로 물들었다.

중원의 태산북두가 소림이라면 검객들의 성지가 바로 무당이었다.

물론 구파일방의 위세가 약해지긴 했지만 경천동지할 뛰어난 고수들을 보유한 문파가 바로 무당이라는 거대한 문파였다.

겨우 염화염왕대로는 무당을 칠 수 없었다.

그러나 천선우는 독고천을 바라보며 고개를 끄덕일 수밖에 없었다.

눈앞의 사내라면 가능했다.

여태껏 보여 준 독고천의 신위라면 가능할지도 모른다는 생각이 들었다.

생각을 정리한 천선우가 독고천에게 다가갔다.

"무당을 치기 위해선 우선 장로 급들 이상을 어떤 함정에 빠뜨리거나 해서……."

"아니."

독고천이 단호하게 말을 끊자 천선우가 멍하니 독고천을 바라보았다.

독고천이 담담히 입을 열었다.

"야간에 기습한다."

야간에 기습한다 해도 무당은 무당이었다.

그 누구도 쉽사리 건드리지 못했던 정도인들의 성지와도 같았다.

역대 천마신교의 교주들이 시도하려 했지만, 쉽사리 시도하지 못했던 곳.

그들은 후폭풍이 두려웠고 잃을 것이 너무나도 많았다.

그러나 독고천에게는 더 이상 잃을 것이 없었다.

단지 복수만이 독고천을 지탱하는 기둥이었다.

조용히 염화염왕대원들을 훑어보던 독고천은 할 말이 끝났다는 듯 염화염왕대주를 물끄러미 쳐다보았다.

염화염왕대주 우진후가 멍한 눈으로 독고천을 바라보고 있었다.

독고천의 뇌리 속에 많은 것이 스쳐 지나갔다.

눈앞의 우진후가 없었다면 검신의 눈에 띄지 않았을 것이고 그대로 천마신교와 함께 무너졌을지도 몰랐다.

자신이 거두어들인 녀석이 자신의 목숨을 살린 셈이었다.

"우진후."

"태상 교주님을 뵈옵니다."

우진후가 무너지듯 부복하며 감격스럽게 외치듯 말했다.

독고천의 입가에 살짝 미소가 맺혔다 금방 없어졌다.

"오랜만이군."

"예."

담담히 답했던 우진후가 몸을 부들부들 떨기 시작하더니 이내 흐느끼기 시작했다.

힘들었고 고생했던 나날들이 우진후의 뇌리 속을 스쳐 지나갔다.

살아남기 위해 끼니도 거른 채 도망쳐야 했고 밤낮 따위는 중요하지 않았다.

단지 훗날을 위해.

언제 돌아올지 모르는 천마신교를 재건하는 날을 위해 살아남았던 나날들이 오늘에서야 보상받는 것 같았다.

독고천이 부복해 있던 우진후의 어깨를 툭툭 치며 담담히 입을 열었다.

"할아버지를 잘 두었더군."

우진후가 놀란 표정을 지으며 독고천을 올려다보며 떨리는 목소리로 물었다.

"저희 할아버님을 아십니까?"

"덕분에 새로운 길을 걷게 되었다."

독고천의 담담한 목소리에는 묘한 힘이 담겨 있었기에 우진후는 저도 모르게 고개를 끄덕이며 침음을 흘렸다.

자신이 알고 있던 사내는 분명 멋지고 강했던 사내였다.

천마신교라는 최강의 단체의 주인이자 마인들의 정점이던

사내.

그러나 지금은 단순히 그 정도가 아니었다.

마치 하늘을 보는 듯했다.

끝없이 높고 푸르른 하늘.

"정말 내일 무당을 치실 겁니까?"

"복귀 선언으로는 아주 좋은 곳이지 않나."

"그건 그렇지만……."

우진후가 말끝을 흐리며 당황한 표정을 짓자 독고천이 이해한다는 듯 고개를 담담히 끄덕였다.

"부담스러우냐?"

"예."

"그렇다면 본 교를 재건할 생각을 하지도 않는 것이 낫지 않겠느냐?"

우진후의 눈동자가 경악으로 물들었다.

그랬다.

천마신교가 재건을 외친다면 어차피 강호 모두가 적이었다.

모든 강호가 천마신교의 재건을 막을 것이고 그 누구도 재건을 원치 않을 것이다.

결국 이러나저러나 강호와 싸워야 하는 것이다.

그리고 싸우기 전에 최대한 많은 적을 없애는 것이 오히려 유리했다.

"제 생각이 짧았습니다."

우진후가 머리를 깊게 숙이며 용서를 구하자 독고천이 손을 내저으며 우진후의 몸을 일으키며 한곳을 가리켰다.

그곳은 무당산이 있는 호북이었다.

"저 산이 보이느냐?"

솔직히 아무것도 보이지 않았다. 하지만 우진후는 독고천의 의중을 파악했다.

호북의 무당산을 보고 있음이 분명했다.

"예. 무당산 말씀이십니까?"

"그래."

"예, 보입니다."

우진후가 담담히 고개를 끄덕이자 독고천이 조용히 호북쪽을 바라보다가 낮게, 그러나 단호하게, 그리고 자신에게 다짐하듯 중얼거렸다.

"내일부로 강호에 무당이란 이름은 없다."

第二章

태극검제(太極劍帝)

어두운 달빛이 무당산을 비추고 있었다.

곳곳의 솟은 산턱마다 고풍스런 전각들이 세워져 있었는데 그곳이 바로 강호검객들의 성지라 불리는 무당(武黨)이었다.

산문에는 두 명의 제자들과 허리춤에 고색창연한 고검을 맨 채 주위를 두리번거리고 있었다.

그러나 시간이 시간인 만큼 그들의 눈에서는 총명한 기운은 찾아볼 수 없었다.

"하암."

뱁새눈의 제자가 입을 쩍 벌리며 하품을 하자 옆에 서 있던 통통한 몸집의 제자가 혀를 차며 고개를 내저었다.

"명색이 무당의 제자란 녀석이 입을 쩍쩍 벌리면서 하품을 하냐."

"하품을 할 때는 말이지. 자고로 입을 쩍 하고 벌려 줘야 탁기가 빠져나간단 말이지."

"퍽이나."

제자들이 서로 피식 웃으며 고개를 내저을 때였다.

팟—

산문 앞을 지키고 있던 제자들이 목에서 피를 내뿜으며 앞으로 고꾸라졌다.

철푸덕—

어둠 속에 숨어 있던 검은 그림자들이 작은 소음을 내며 움직이기 시작하더니 어느 순간 무당파를 뒤덮기 시작했다.

슈슈슉—

달빛 아래 검은 인영들이 허공을 가르며 무당파의 산문을 뛰어넘었다.

그리고 어둠 속에서 당당히 백의를 입고 걸어오는 한 명의 사내가 있었다.

그 옆에는 흑의를 깔끔하게 차려입은 인상 좋은 사내가 보좌하듯 걸어오고 있었다.

흑의사내, 천선우가 검집에서 검을 가볍게 뽑아 들었다.

"가시겠습니까?"

달빛을 멍하니 올려다보던 독고천이 고개를 까닥이더니

검을 천천히 뽑아 들었다.

천선우가 저도 모르게 마른침을 삼켰다.

마치 산악이 꿈틀거리고 맹호가 뛰어오르는 듯한 기세가 독고천의 전신에서 뿜어져 나오고 있었다.

독고천이 산문을 가볍게 넘는 순간 무당파 내에서 종소리가 급한 듯 울려 퍼지기 시작했다.

댕댕댕—

"기습이다!"

어둠 속 잠잠했던 무당파 내부가 갑작스럽게 소란스러워지며 제자들이 하나둘씩 튀어나오기 시작했다.

그러나 나왔던 제자들이 흑의인들의 검 아래 하나둘씩 쓰러지기 시작했다.

"으아악!"

"감히 무당에 침입하다니! 검진을 펼쳐라!"

순식간에 무당의 제자들이 검을 뽑아 들며 삼삼오오 모여들더니 하나둘씩 검진이 만들어졌다.

기습으로 인해 무너지던 제자들이 하나둘씩 뭉치더니 어느샌가 흑의인들을 압도하기 시작했다.

무당파의 검진은 예술이었다.

흑의인들의 검과 부딪칠수록 검진은 더욱 강맹해지며 흑의인들을 짓눌렀다.

그런데 그때였다.

독고천의 신형이 독수리처럼 가볍게 날더니 검진 안으로 들어가는 것이 아닌가.

그리고 독고천이 검을 휘두를 때마다 검진이 속속 무너지기 시작했다.

독고천은 쉬지도 않고 이리저리 돌아다니며 검진들의 핵심을 무너뜨려 갔다.

순식간에 검진들이 무너지며 무당의 제자들이 피를 토하며 죽어 나가기 시작했다.

그러자 저 멀리서 푸른빛의 신형이 날아오듯 급속도로 독고진을 향해 내리꽂혔다.

마치 하늘을 밟는 듯한 경신술이었는데 말로만 들어오던 능공허도(凌空虛渡)였다.

무당에서 이만한 신위를 보일 수 있는 이는 단 하나.

태극검제 청산이었다.

갑작스런 기습에 놀란 청산은 급히 검을 뽑아 들고 전각을 나섰다.

그리고 제자들의 비명 소리를 듣고는 오 년 전의 악몽이 되살아나 미치다시피 뛰어왔다.

그때와 똑같았다.

오 년 전, 마교에서 쳐들어왔던 그때와.

"마교 놈들아! 또다시 왔구나. 오 년 전 치욕을 갚아 주마!"

청산이 난입하며 검을 휘두르는 순간, 흑의인 네 명의 목이 날아갔다.

순식간에 일어난 일이라 흑의인들이 움찔거렸지만 그들은 믿는 구석이 있는지 한쪽으로 몰려드는 것이 아닌가.

청산은 알지 못할 묵직한 기운에 흑의인들이 몰려가는 그곳으로 시선을 무심코 돌렸다.

아니나 다를까.

오 년 전, 그 잊지 못할 날카로운 인상의 사내가 혼란의 중심에 서 있었다.

강호는 그가 죽었다고 했지만 청산은 믿지 않았다.

어디선가 숨어서 칼을 갈고 있을 거라 여겼기에 청산 또한 열심히 칼을 갈고닦았다.

제자들을 혹독하게 채찍질하며 원성을 샀지만 무당의 미래를 위해서였다.

그리고 그 미래가 지금 결정될 것이었다.

청산의 이가 절로 갈렸다.

도사고 뭐고 지금은 중요치 않았다.

무당의 미래가 걸려 있는 일이었다.

청산이 성큼성큼 독고천에게 다가오며 날카로운 기세를 뿌리자 독고천이 살짝 미소를 머금으며 고개를 까닥였다.

"오랜만이군."

"……검마(劍魔)."

검마라는 말에 독고천이 주억거리며 눈동자를 빛냈다.

"그렇게들 부르더군."

"결국 오 년 전의 일을 끝맺으러 온 것이냐?"

청산이 이를 갈며 묻자 독고천이 담담히 고개를 끄덕였다.

"그저 복수를 하러 온 것이지."

"문답무용!"

갑자기 청산이 무서운 기세로 검을 휘두르며 독고천의 머리를 노려 왔다.

순식간에 청산의 검이 당장에라도 독고천의 머리를 꿰뚫을 듯 뱀처럼 꿈틀거리며 쏘아져 나갔다.

독고천은 마치 검이 깃털이라도 되는 마냥 가볍게 치켜올렸다.

콰앙—

지축을 울리듯 터지는 굉음.

청산은 쏘아진 속도보다 더 빠르게 뒤로 튕겨 나갔다.

그의 검은 마치 여러 번 단단한 바위에 부딪친 마냥 군데군데 날이 빠져 있었고 그의 입가에는 옅은 혈흔이 보였다.

꿀꺽.

청산이 꾸역꾸역 올라오는 피를 억지로 삼켰다. 단 일검이었다.

그는 내심 경악하며 현실을 부인했다.

절대로 이럴 리 없었다.

오 년이란 시간 안에 한 명의 고수를 이렇게 만들 순 없었다.

본래 고수일수록 다음 벽을 깨기 어려운 법이다.

그러나 눈앞의 사내는 도저히 말이 되지 않았다.

자신이 누구인가.

무당의 장문인이자 강호십대고수라 불리며 떵떵거리며 살아갈 수 있는 많지 않은 절정고수 중 한 명이 아닌가.

그런데 그런 절정고수가 단 일검 만에 내상과 함께 애병이 망가졌다는 것은 다음과 같았다.

절대고수(絕代高手)!

도저히 넘을 수 없을 것만 같은 강호절대삼인이라 불리는 절대고수들.

눈앞의 사내는 그런 벽을 깨 버린 것이었다.

"도대체……."

청산은 도저히 이해가 가지 않는다는 듯 중얼거리며 신음을 흘렸다.

독고천이 천천히 청산에게 다가가며 담담한 눈빛으로 청산을 훑었다.

그와의 거리가 좁아질수록 청산의 몸이 부들부들 떨려왔다.

마치 고양이를 앞에 둔 쥐마냥.

독고천이 어느새 지척 앞에 다다랐지만 청산의 검은 움직일 기미조차 보이지 않고 있었다.

아니, 손가락조차 까닥이지 못했다.

청산은 그저 떨리던 입술을 꽉 깨물며 힘겹게 중얼거릴 뿐이었다.

"······마신(魔神)이 되었구나."

청산의 중얼거림을 조용히 듣고 있던 독고천의 무심한 칼날이 달빛을 베었다.

스윽—

그렇게 무당은 멸문했다.

*   *   *

주위를 돌아다니며 시주하는 사람들을 안내하는 역할을 맡은 동자승이 눈을 가늘게 뜨며 흑의사내를 흘겨보고 있었다.

시주를 한 후 보통은 돌아가거나 소림사의 위용에 질려 몇 번 탄성을 내지르고 가는 시주님들이 대부분이었는데 이 시주님은 달랐다.

"시주님."

동자승이 용기를 내어 부르자, 흑의사내가 슬쩍 시선을

내렸다.

흑의사내는 날카로운 인상을 지니고 있었는데 눈동자는 매우 칙칙하여 우물을 연상케 했다.

동자승이 정중히 합장을 하며 물어왔다.

"무슨 도와드릴 일이라도 있습니까?"

보통 다른 사람이라면 어린 동자승이 정중하게 나오는 것도 모자라 합장까지 해 오는 것을 보고 흐뭇하게 웃었을지도 몰랐다.

그러나 흑의사내, 독고천은 달랐다.

마치 머릿속에 소림사를 집어넣기라도 하듯 경내를 바라볼 뿐, 동자승에게 웃음 한 번 지어 주지 않았다.

"소림사의 위용이 듣던 것보다 대단하오."

독고천의 칭찬에 동자승이 해맑은 미소를 지으며 고개를 끄덕였다.

"예, 소승도 항상 본 사를 산책할 때마다 시시때때로 느끼곤 합니다."

"저번에도 왔었지만 역시 강호의 태산북두라는 말이 허명이 아니오."

독고천이 계속되는 칭찬에 동자승의 뺨이 살짝 붉어졌다.

분명 불도를 걷는 불제자로서 이런 자만심은 버려야 할 요소임에 분명하지만 동자승에게는 아직까진 무리였다.

동자승은 자신이 소림사라는 출신에 대해 자부심을 느끼

고 있었으며 사람들이 소림사에 대해 탄성을 할 때마다 괜스레 뿌듯함을 느끼곤 했다.

이번도 마찬가지였다.

괜히 마음이 구름처럼 들뜨자 할 말 안 할 말이 모두 튀어나오고 말았다.

"저곳은 본 사의 방장께서 머무는 곳이고 저곳은 무승들이 수련을 하는 곳입니다. 또 저곳은 본 사의 모든 불도에 관한 서적들이 마련되어 있는 곳인데 인시가 될 때마다 수도승들이 그곳을 가득 메우지요. 그리고 저기는……."

한참을 이곳저곳을 가리키며 신나게 떠들던 동자승이 지쳤는지 한숨을 크게 내쉬었다.

"에휴, 제가 말했던 모든 것들이 모두 본 사의 자랑거리입니다."

"좋은 말씀 잘 들었소. 귀승 덕분에 한결 일이 수월해졌소."

"그게 무슨 소리이십니까, 시주님?"

아리송한 독고천의 말에 동자승이 고개를 갸웃거렸지만 독고천은 그 말을 끝으로 터벅터벅 걸어 소림사의 산문을 나섰다.

조용히 독고천의 뒷모습을 바라보고 있던 동자승이 고개를 갸웃거리다가 문뜩 미소를 짓고는 피식 웃었다.

"본 사의 위용에 감탄하신 모양이군."

*　　*　　*

어느 부터인가 무당파 산문에 걸려 있는 현판에는 다음과
같은 글이 적혀 있었다.

사정상 방문객을 받지 않음.

무당파는 호북의 크나큰 재계의 손으로서 많은 거래를 해
왔지만 갑자기 어느 순간부터 모든 거래를 끊어 버리더니
종종 받아 오던 방문객들의 방문마저 거부하고 있었다.

의심이 많은 몇몇의 사람들이 무당파의 담벼락을 넘어 보
기도 했지만 아무런 변고도 없었다는 소문이 파다했다.

무당파의 도사들은 난입한 자들을 붙잡고는 몇 번 주의를
준 후 내보냈다는 것이다.

그리고 그때 그들을 잡은 이가 매우 유명한 무당의 도사
들이었기에 그들은 의심할 생각조차 못했다.

그러나 무언가 이상한 낌새를 느낀 강호무림맹 측에서 사
자(使者)를 보내기로 했다.

강호무림맹 호북 지부의 한자리를 꿰차고 있는 지복운(枝
馥暈)은 투덜거리며 길 한복판을 걸어가고 있었다.

이제 몰락해 가는 구파일방을 그다지 좋아하지 않는 지복운
으로서는 무당에 직접 찾아가는 것이 달갑지 않은 차였다.

그는 예전의 영광에 사로잡혀 아직까지 거만한 무리의 구 파일방을 좋아하지 않았다.

특히나 소림과 무당을 싫어했는데 마침 무당으로 파견을 가는 중이던 것이다.

"뭐, 굳이 파견까지 가야 하는지 모르겠군. 어차피 망해 가는 놈들 그냥 놔두면 될걸."

땅에 침을 뱉은 지복운이 어슬렁거리며 저 멀리 보이는 무당산으로 천천히 걸어갔다.

얼마나 걸었을까.

웅장한 모습의 산문이 시야에 들어왔지만 지복운은 혀를 찼다.

"망해 가는 것들이 이렇게 웅장한 대문을 지니고 있으니. 쯧쯧. 주제를 알아야지."

한참을 투덜거리던 지복운이 산문 앞에 선 채 현판을 읽어 내려갔다.

"사정상 방문객을 받지 않는다고? 웃기는군."

지복운이 거칠게 대문을 두들겼다.

쾅쾅.

아무런 답이 없자 지복운이 당장에라도 문을 부숴 버릴 듯 거칠게 두들겼다.

쾅쾅쾅.

대문이 끼익 하고 열렸다.

"누구십니까."

말끔한 청의 차림의 도사가 멍한 눈으로 지복운을 쳐다보았다.

지복운이 자신의 품속에서 명패를 꺼내며 입을 열었다.

"강호무림맹 호북 지부장 지복운이오. 무당의 장문인을 뵈러 왔소."

"돌아가십시오. 방문객을 받지 않습니다."

"강호무림맹에서 내려온 명령이오. 강호무림맹에 가입되어 있는 무당파는 당장 산문을 개방하라는 강호무림맹주님의 명령이오."

호기스럽게 외치던 지복운이 찔끔했다.

아무리 무당을 비롯한 구파일방이 망해 가고는 있지만 도를 넘은 말인 것이다.

그러나 이미 넘어 버린 선.

지복운은 거칠 것이 없었다.

'설마 죽이겠냐.'

"하여튼 갑작스럽게 봉문을 선언한 무당이 다시 개문하였으면 하는 것이 강호무림맹의 뜻이오."

묵묵히 지복운을 바라보던 도사가 갑자기 대문을 닫아 버렸다.

콰앙.

문전박대를 당하자 지복운의 얼굴이 분노로 붉게 물들기

시작했다.

지복운이 기를 한껏 모아 대문을 강하게 내리찍 듯 쳤다.

콰앙.

굉음과 함께 대문 가운데 지복운의 손바닥 자국이 선명히 박혔다.

먼지가 자욱하게 일어나자 지복운이 뒤로 스윽 물러서고는 반응을 지켜보았다.

그러나 묵묵부답이었다.

'이상한데.'

아무리 생각해도 이상했다.

그래도 구파일방은 명문이다. 자존심이 있단 소리였다.

이 정도로 무시를 했으면 반응조차 안 할 리가 없었다.

지복운이 설마, 하는 생각에 슬쩍 가볍게 몸을 날려 담벼락에 올라탔다.

청의를 입은 도사들이 무표정한 얼굴로 돌아다니고 있었다.

너무나도 이상하고 기괴한 모양새였다.

지복운이 슬쩍 담벼락을 넘어섰다.

돌아다니던 도사들이 지복운을 발견하고는 다가오더니 주의를 주며 지복운을 밀쳐 내려 했다.

그러나 지복운이 가볍게 보법을 밟으며 빙그르 돌더니 곧바로 튕기듯 앞으로 튀어나갔다.

파앗—

그런데 그 순간 도사들이 증발했는지 없어져 있었다.

귀신의 곡할 노릇이었다.

지복운이 마른침을 삼키며 전각 주위를 돌아다녔다.

싸늘했다.

아까 돌아다녔던 도사들이 전혀 보이지 않았고 냉한 바람만이 지복운의 몸을 때려 왔다.

꿀꺽.

주위를 살펴보던 지복운의 코끝을 찌르는 냄새가 있었다.

"킁킁."

한참을 코를 움찔거리던 지복운이 인상을 찌푸리며 손으로 코를 움켜잡았다.

"제기랄, 피비린내잖아."

투덜거리듯 말했지만 지복운의 이마에서는 땀이 뚝뚝 떨어지고 있었다.

지복운의 얼굴에는 긴장이 역력했다.

마른침을 삼키던 지복운이 조심스럽게 피비린내 나는 곳으로 발걸음을 옮겼다.

터벅터벅.

오늘따라 자신의 발소리가 크게 느껴지자 지복운은 더욱 긴장하며 주위를 살폈다.

어느새 전각 앞에 다다르자 지복운이 조심스럽게 전각 문을 밀었다.

끼익.

어둠 탓에 잘 보이지 않아 지복운이 문을 활짝 열었다.

문이 활짝 열리는 순간, 지복운은 기겁하며 뒷걸음질쳤다.

"윽."

강호 칼밥을 장장 삼십 년간 먹고 산 지복운이었다.

그러나 그도 이렇게 처참한 광경은 생전 본 적이 없었다.

족히 백여 명은 될 듯한 시체가 전각 안에 쌓여 있었다.

팔다리가 없어지고 목이 잘리고 피로 물든 채 시체들이 쌀 포대마냥 차곡차곡 쌓여 있던 것이다.

뒷걸음질치던 지복운이 무언가 떠올랐는지 급히 옆 전각으로 뛰어가다시피 했다.

문을 급히 연 지복운이 다시 경악성을 터트렸다.

똑같았다.

무당의 도사들이 모두 차가운 시신이 되어 버린 채 쌓여 있던 것이다.

"이, 이게 도대체……."

도저히 맨 정신으로 보지 못하겠는지 시선을 돌리던 지복운이 무언가를 발견하고는 조심스럽게 주워 들었다.

피로 물든 서신이었는데 무언가 적혀 있는 듯했다.

지복운은 천천히 접혀 있는 서신을 펼쳤다.

천마신교(天魔神敎) 재림(再臨).

서신을 읽어 내려가는 지복운의 손이 부르르 떨렸다.
두 번 읽고 세 번 읽었지만 그대로였다.

천마신교 재림.

지복운의 입에서 절로 헉 소리가 나왔다.
자기도 모르게 서신을 떨어뜨린 채 무작정 전각을 빠져나
왔다.
산문에 다다르자 무당의 도사들이 무표정한 얼굴로 지복
운에게 다가오더니 주의를 주었다.
"이번만 봐드리겠습니다. 다음부터는 무당의 법대로 하겠
습니다."
"조심히 돌아가십시오. 무량수불."
지복운이 뒤쪽을 가리키며 허겁지겁 외치듯 말했다.
"저, 저기에 시체들이 쌓여 있소!"
무당의 도사들이 담담한 표정으로 지복운을 바라보다가
다시 입을 열었다.
"이번만 봐드리겠습니다. 다음부터는 무당의 법대로 하겠

습니다."

"조심히 돌아가십시오. 무량수불."

"이, 이게 뭐야……."

순식간에 엄청난 공포심이 지복운의 온몸을 휘감았다.

그는 급히 산문 밖을 뛰쳐나왔다.

산문 밖으로 뛰쳐나오자마자 지복운은 미친 듯 경신술을 펼치며 최대한 무당으로부터 벗어났다.

어느 정도 뛰었을까.

슬쩍 뒤를 바라보자마자 지복운의 눈은 경악으로 물들었다.

분명 멀쩡해 보였던 전각 및 담벼락들이 말 그대로 박살나 있던 것이다.

산문 양옆에는 시체들이 걸려 있었고 담벼락은 피로 물든 상태였다.

그는 저도 모르게 목청이 찢어져라 비명을 내질렀다.

"으, 으아아!"

*　　　*　　　*

오늘따라 숭산을 비추어 주는 달빛이 매우 어두웠다.

먹구름에 가려진 보름달은 오히려 음산한 기운을 풍기고 있었다.

아니나 다를까.

먹구름에서 간혹 천둥번개가 내리치더니 소나기마저 쏟아지기 시작했다.

쏴아아.

시원스런 빗줄기가 쏟아지며 숭산을 적셔 갈 무렵.

어두운 그림자 아래로 검은 인영들이 바스락거리며 움직이기 시작했다.

그들은 죽립을 쓴 채 모두 대나무 줄기로 만들어진 비옷을 입고 있었는데 하나같이 검을 들고 있었다.

짙은 소나기와 먹구름 아래 검광은 묵빛이 되어 숭산을 뒤덮어 가기 시작했다.

숭산 정상에는 커다란 바위가 있었는데 관광명소로 매우 유명했다.

바위는 놀랍게도 불상과도 같은 모습을 지니고 있었는데 인위적으로 만든 것이 아니라 더욱 숭산의 명소로 뽑혔다.

바위 위에는 흑의사내가 죽립을 쓴 채 조용히 앉아 있었는데 거친 빗줄기가 그의 몸을 두드리고 있었다.

흑의사내 옆으로 언제 나타났는지 모를 청의사내가 시립하고 있었다.

너무나도 갑작스러운 등장이었지만 흑의사내는 알고 있었다는 듯 작은 움직임조차 없었다.

"그래, 준비되었는가."

독고천의 나직한 물음에 청의사내, 우진후가 부복하며 정중히 외치듯 답했다.

"예, 태상 교주님."

"환상진은?"

"수하들에게 시켜서 미리 절진이 가동할 수 있도록 심어 놓았습니다."

우진후의 거침없는 대답에 독고천이 만족한 듯 벌떡 몸을 일으켰다.

촤아아.

독고천의 곳곳에 고여 있던 빗줄기들이 흘러내렸다.

그 모습에 우진후의 눈동자가 살짝 흔들렸다.

내공으로 모든 빗줄기를 차단시킨 것이다.

물론 내공을 익힌 자라면 누구나 할 수 있는 것이지만 오랜 시간 동안 유지할 순 없었다.

그만큼 내력의 소모가 컸고 비효율적이기 때문이었다.

그냥 비를 맞고 말지, 그 누가 막대한 내력을 소모하면서까지 비를 막겠는가.

그러나 우진후는 독고천의 생각을 얼핏 이해했다.

천마신교가 재림해야 할 시기였다.

독고천이라는 절대지존은 절대로 약한 모습을 보여서는 아니 되었고 수하들에게는 절대적인 모습을 보여 주어야 했다.

그래야만 흩어져 있는 마인들이 독고천이라는 절대지존을 중심으로 단결될 것이었다.

일어선 독고천이 가볍게 바위로 내려서자 우진후도 곧바로 뒤따랐다.

독고천이 담담한 표정으로 절벽 아래로 시선을 돌려 바라보니 소림사 주변으로 검은 그림자들이 조용히 움직이며 둘러싸고 있었다.

독고천이 몸을 앞으로 기울이다가 마치 새처럼 가볍게 몸을 날렸다.

빗줄기 사이로 독고천의 신형이 쏘아져 나가며 순식간에 소림사 산문 앞에 도착했다.

소림사 산문을 지키던 무승들은 갑작스런 독고천의 등장에 경악하며 경계했다.

"무, 무슨 일이십니까?"

독고천은 아무 말 없이 소림사 산문 앞으로 천천히 걸어가기 시작했다.

빗줄기 틈새로 걸어오는 독고천의 모습은 음산하여 보는 이를 공포에 떨게 했다.

그러나 소림이라는 이름은 허명이 아니었다.

무승들 중 한 명이 몸을 튕기듯 날아오며 봉으로 독고천을 가리키며 위협했다.

"시주, 더 이상 다가오면 적으로 간주하고……."

그런데 갑자기 봉이 끝에서부터 잘라지기 시작하더니 어느 순간 무승의 목이 땅에 떨어졌다.

철푸덕.

진흙탕이 되어 버린 땅바닥에 무승의 머리가 떨어지자 산문 앞을 지키던 무승들이 당황하며 급히 산문 안으로 들어가려 했다.

하지만 그들은 더 이상 산문 안으로 들어가지 못했다.

순식간에 검은 인영들이 소림의 산문을 덮쳤기 때문이다.

"컥."

갑작스런 기습에 무승들이 힘없이 쓰러지자 검은 인영들이 엄청난 기세로 산문을 박살 내고 안으로 들어가기 시작했다.

처벅처벅.

독고천은 천천히 파편을 밟으며 산문 안으로 들어섰다.

채채챙!

댕댕댕!

"기습이다!"

빗줄기 속으로 병장기 소리와 종소리 등이 겹치며 순식간에 아수라장이 되어 갔다.

독고천은 어느새 뒤쫓아 온 우진후에게 한곳을 가리켰다.

우진후는 고개를 끄덕이고 바로 몸을 날렸다.

우진후의 움직임에 검은 인영들이 그 뒤를 좇으며 소림사의 주위를 에워싸기 시작했다.

그리고 그 중심으로 독고천이 터벅터벅 걸어갔다.

쿠르르릉.

낮고 웅장한 천둥소리가 울려 퍼지자 무승과 선승들이 공포감을 느끼는지 한데로 모이기 시작했다.

그 순간, 저 멀리서 금빛 신형이 무서운 기세로 날아오듯 쏘아져 오더니 어느 순간, 독고천 지척에 다다른 후 가볍게 내려서는 것이 아닌가.

금빛 신형의 정체는 삼십대가량 되어 보이는 무승이었는데, 범상치 않은 기세를 내뿜고 있었다.

"시주는 누구시기에 감히 본 사를 침입한 것이오?"

묵직하고도 위엄 있는 말투를 듣자 겁에 질려 있던 무승과 선승들은 힘이 솟아나기 시작하는지 한층 얼굴색이 밝아졌다.

"그대는 누구지?"

독고천의 담담한 말투에 무승의 눈동자가 살짝 흔들렸다.

'고수.'

엄청난 기세를 뿜어내고 있는 것도 아니었다.

그저 거센 빗줄기에 멍하니 죽립을 쓴 채 서 있을 뿐이었는데 마치 하나의 거대한 산맥이 자신을 짓눌러 오는 듯했다.

소림사 방장, 혜청은 불길한 느낌이 자신의 몸을 옭아매는 것을 느끼며 애써 벗어나려 했지만 그럴수록 기괴한 기운이 혜청의 몸을 휘감았다.

혜청의 뇌리 속에 기괴한 기운의 정체가 스쳐 지나갔다.

'마기(魔氣)!'

"마교의 고수분들이 여기는 무슨 일이오?"

산문도 박살 났으며 이미 많은 수의 무승들이 목숨을 잃은 터였다.

분명 이것은 전쟁이었다.

혜청이 그것을 모를 리 없었다. 하지만 자신마저 혼란에 빠지게 되면 제자들이 흔들릴 것이 분명했기에 혜청은 침착해야 했다.

또한 호랑이굴에 들어가도 정신만 차리면 살 수 있다고 하지 않던가.

천하의 소림이 쉽사리 무너질 리 없다는 혜청의 자신감 또한 한몫했다.

혜청의 침착한 질문에 불구하고 독고천은 담담한 시선으로 무승과 선승들을 쳐다보았다.

그리고 그 틈에서 벌벌 떨고 있는 아침에 보았던 동자승이 눈에 띄었다.

독고천이 의외로 따스한 미소를 지으며 동자승에게 말을 건넸다.

"아침에 뵙고 또 뵙는구려."

벌벌 떨고 있던 동자승은 웬 낯선 적이 자신에게 말을 걸자 어리둥절했지만 그 상대방의 목소리가 누구의 것인지 알게 되자 아연실색했다.

아침에 주위를 두리번거리던 그 방문객인 것이다.

그 이상하던 시주님!

"다, 당신은!"

"그렇소. 덕분에 쉽게 포위할 수 있었소."

"그, 그게 도대체……."

동자승이 몸을 부들부들 떨며 당장에라도 거품을 물고 쓰러질 듯 질색하자 혜청이 슬쩍 옆으로 움직이며 동자승 앞에 섰다.

"본 사의 제자에게 함부로 말 걸지 마시오. 그쪽은 분명 본 사에 악의를 두고 침입한 것일 터. 쉽사리 돌아갈 생각은 추호도 하지 마시오!"

그 말을 끝으로 갑자기 혜청의 온몸에서 금빛의 기운이 폭사되더니 독고천을 휘감으려 쏘아져 나왔다.

그런데 마찬가지로 독고천의 몸에서 붉은 마기가 흘러나오는 것이 아닌가.

어둠 아래 붉은 마기가 사방을 뒤덮으며 무승과 선승들을 채찍처럼 휘감기 시작했다.

혜청이 놀라며 급히 붉은 마기를 쳐 내려 했지만 이미 때는 늦어 있었다.

본래, 소림은 선승과 무승이 있었다.

선승들은 불법을 연구하며 말 그대로 속세에서 말하는 스님들이고, 무승들은 불법도 배우지만 대체적으로 무공에 힘을 쏟는 무리였다.

그렇기에 무승들은 마기를 어느 정도 견뎌 낼 수 있었지만 선승들은 피를 토하며 앞으로 고꾸라지고 말았다.

이미 몇몇 나이가 많은 선승들은 목숨을 잃었는지 눈에 초점이 없었다.

너무나도 어처구니없는 상황에 혜청이 입을 쩍 벌렸다.

혜청이 누구던가.

소림권왕(少林拳王)이라 하면 모르는 이가 없었다.

소림권황 혜연의 수제자로서 혜연이 죽자마자 곧바로 방장의 자리로 오른 불세출의 고수였다.

그런데 그런 그가 경악할 정도의 상대가 바로 눈앞에 서 있는 것이었다.

혜청의 머릿속이 바삐 돌아가기 시작했다.

도저히 이길 수 없을 것만 같은 가공하고도 경악할 만한 무위.

마교의 교주, 부교주 등의 이름들이 스쳐 지나갔지만 혜청은 거칠게 머리를 내저었다.

그들도 결국 강호십대고수라는 테두리 안에 있을 뿐이었다.

눈앞의 사내는 그런 테두리는 예전에 벗어난 듯 보였다.

강호절대삼인과 비교가 가능할까.

혜청은 예전에 검신과 권왕을 본 적이 있었다. 그러나 절대고수라 불리던 그들조차 혜청에게 경악할 만한 무위를 가지고 있진 않았다.

"설마……."

혜청이 도저히 믿기지 않는다는 듯 중얼거렸다.

"……검마(劍魔)?"

중얼거림과 동시에 하늘에서 천둥번개가 강하게 내리쳤다.

콰콰쾅.

콰르르르.

번개 사이로 죽립 아래 드러난 독고천의 입가에 싸늘한 미소가 맺혔다.

"오늘부로 소림은 없다."

                    *   *   *

강호의 태산북두인 소림.

검객들의 성지인 무당.

소림과 무당의 멸문 소식은 강호의 모든 세인들을 경악에 빠뜨렸다.

특별히 잔인한 방법을 사용한 것은 아니지만 모든 제자들이 시신으로 발견되었다는 것에 대해 세인들의 경악을 사기에 충분했다.

보통 문파들 간의 싸움이 일어날 경우 생존자가 생기기 마련이다.

그러나 무당과 소림에서 살아남은 생존자는 없었다.

그리고 놀랍게도 그들의 시체에서는 같은 모양의 상처가 있었다는 것이었다.

그 사실은 모두가 단 한 명의 검에 몰살되었다는 것을 뜻하였는데 강호무림맹의 조사단은 믿지 않았다.

아니, 믿을 수가 없었다.

그 누가 단신으로 무당과 소림을 멸문시킬 수 있겠느냔 말인가.

모두들 소림과 무당의 멸문 소식에 놀라긴 했지만, 사실 구파일방의 몰락은 천마신교가 멸문할 때부터 예정된 사실이었다.

강호무림맹과 정도련이 강호를 양분하기 시작하였고 구파일방을 옥죄어 가며 많은 고수들을 억지로 파견하도록 명한 것이다.

그렇기에 구파일방에는 고수라 불리는 자들이 소수만이 남았고 영향력은 현저히 줄어들 수밖에 없었다.

강호무림맹에 억지로 파견된 소림과 무당의 고수들은 자

신들의 문파가 멸문했다는 소식을 듣고 비통해했지만 아무 행동도 취하지 못했다.

오히려 돌아갈 곳이 없어진 지금 강호무림맹은 그들의 유일한 집과도 같은 곳이었다.

이제는 더럽고 치사하지만 어쩔 수 없이 머물 수밖에 없는 그런 상태로 바뀌어 버린 것이다.

예전이라면 명예고 뭐고 다 때려치우고 복수를 하겠다며 맨몸으로라도 달려갔겠지만 그들은 이미 강호인이 아니었다.

단지 강호에 몸을 담고 있는 무공을 익힌 자들일 뿐이었다.

협과 의를 중요시하고 자신의 목숨보다 중요시했던 그 무언가를 잃은 그들은 그저 하루하루 먹고살기 바쁜 자들로 변질되어 있었다.

그것이 현 강호였다.

*   *   *

어두운 골목길에서 비명성이 터져 나왔다.

"으윽."

흑의사내가 피를 토하며 앞으로 고꾸라지자 맞은편에 서 있던 거한들이 흑의사내를 무자비하게 짓밟기 시작했다.

콰직—

한참을 짓밟히던 흑의사내가 신음을 터트리며 힘겹게 몸을 일으키려 했다.

그러나 거한들의 발길질은 멈추지 않았다.

퍽퍽—

흑의사내의 오른팔이 기괴한 각도로 꺾이며 뼈가 박살 나는 소리가 났다.

빠각.

"컥."

흑의사내가 입에서 거품을 토해 내며 바닥을 기었다.

살아남기 위해 기었다.

자세히 보면 흑의사내의 손은 매우 거칠었다.

그리고 손바닥에는 굳은살이 박혀 있었는데 그것은 고도의 수련을 한 검객들에게서나 볼 수 있는 흔적이었다.

뼈가 부러지고 온몸에 멍이 들었지만 흑의사내, 주진송(朱珍宋)의 눈동자는 전혀 굴하지 않았다.

오히려 불타오르는 활화산마냥 열정으로 가득 차 있었다.

자신에게 포기란 없다는 듯.

'살아남아야 한다.'

주진송이 열심히 기어가자 거한들이 비릿한 웃음을 연신 터트렸다.

"크히히히."

"저놈 기어가는 것 좀 보세."

"하하, 아주 웃기는군. 뭔 자존심으로 아직까지 살아 있을까? 이제 괴롭히는 것도 질리네."

거한들이 이죽거리며 비웃고 있을 때 주진송은 천천히 골목 밖으로 기어 나가고 있었다.

그러나 오른쪽 눈에 흉터가 있는 거한이 주진송의 다리를 움켜쥐더니 질질 끌어왔다.

"어딜 가냐, 마교 놈아. 히히히."

거한이 이죽거리며 주진송의 다리를 거칠게 짓밟았다.

콰직.

주진송의 입에서 검은 핏물이 흘러나왔다.

꿀럭꿀럭.

주진송이 신음을 흘리며 땅에 머리를 박았다.

'참아야 한다. 살아남아야……'

그런데 그때였다.

주진송의 시야에 두 개의 발이 들어왔다.

검은 신을 신고 있었는데 크지도 않고 작지도 않은 발이었다.

"누가 마교라 했지?"

주진송이 힘겹게 얼굴을 들었다.

그리고 얼굴을 들고 흑의를 입고 있는 사내의 얼굴을 얼핏이나마 보았을 때.

주진송은 그저 멍하니 그를 바라볼 수밖에 없었다.

꿈속에서나 나오던 그가 바로 눈앞에 있었다.

주진송이 피투성이가 된 손으로 눈을 거칠게 비볐다.

그리고 다시 고개를 들어서 그를 바라보았다.

그대로였다.

눈을 감고 뜨면 없어질 것만 같았던 그가 그대로 있었다.

진짜로 그였다.

천마신교의 절대지존, 검마 독고천이!

거한들이 인상을 찌푸리며 독고천 앞으로 다가오며 이죽
거렸다.

"네놈은 또 뭐야? 조용히 가라. 지금 이 마교 놈을 질근
질근 손보고 있었으니까 말이야."

독고천이 무심히 거한들을 훑어보았다. 순간 거한들의 움
직임이 돌처럼 굳어졌다.

거한들이 갑자기 검붉은 피를 토해 내기 시작했다.

"우우웩."

두 명은 이미 입에 거품을 문 채 기절한 상태였고, 한 명
은 계속 피를 토해 내며 앞으로 고꾸라진 상태였다.

독고천은 물끄러미 그들을 내려다보고 있다가 덤덤히 중
얼거리듯 말했다.

"마교가 아니라……."

입을 열던 독고천이 문뜩 입을 닫으며 멍하니 자신을 올

려다보고 있는 주진송을 보며 살짝 미소를 머금더니 말을
이었다.

"……천마신교(天魔神敎)가 아니겠느냐. 주 부교주."

"태, 태상 교주님, 살아 계셨습니까?"

주진송이 믿기지 않는다는 듯 물었지만 독고천은 아무 말
없이 주진송을 손수 일으켰다.

주진송은 아예 이름이 없던 천마신교의 고수였다.

뇌물이나 비리를 좋아하지 않았고 상급자들에 대한 예의
도 없었다.

하지만 그는 무공 하나는 탁월했다.

그러나 상급자들은 그의 꼿꼿한 태도를 못마땅하게 여겨
항상 배제시켰다.

어느 날 독고천은 수련하고 있는 주진송을 보게 되었고
그의 무위를 알게 되자 곧바로 부교주라는 직위를 내렸
다.

그러나 비밀리에 부교주가 되었기에 천선우와 장소연 외
에는 알지 못했다.

또한 주진송도 자신이 알려지는 것을 매우 싫어했는지라
조용히 수련을 거듭했던 것이다.

그리고 천마신교가 멸문할 당시 주진송은 정도련의 고
수들에 의해 무공을 잃게 되어 강호를 방황했다.

힘겹게 몸을 일으킨 주진송은 지탱할 힘조차 없다는 듯

벽에 기댄 채 감격에 찬 눈으로 독고천을 바라보았다.

"태상 교주님, 살아 계셨군요."

주진송에게 독고천은 신(神), 그 자체였다.

아무도 몰라봐 주던 자신을 부교주라는 지고한 위치에 올려놓았을 뿐 아니라 숨어 있던 자신을 유일하게 이해해 주던 분.

그분이 바로 독고천이었다.

가식을 싫어하고 비리를 싫어하며 솔직함을 원했던 분.

주진송은 천마신교가 멸문했을 때 천마신교에 대한 미련은 없었지만 독고천이 다스렸던 천마신교는 항상 그리워했다.

그렇기에 자신이 천마신교인이라는 것에 대해 한 치의 부끄럼도 없었고 많은 파락호들이 그를 마교 놈이라 부르며 구타를 가했지만 그는 꿋꿋이 버텨 왔다.

"무공을 잃었구나."

독고천이 담담한 말투로 말하자 주진송이 저도 모르게 울컥했다.

만약 독고천이 주진송에게 동정 어린 눈길에 안타까운 말투로 말을 건넸다면 실망했을지도 몰랐다.

그러나 독고천은 그대로였다.

자신만의 신이었던 그때 그대로.

"사정상 그렇게 되었습니다."

"무공을 다시 찾는다면 어떻겠느냐?"

담담한 말투였다.

마치 무공을 찾아 줄 수 있긴 있는데 찾아 주면 그나마 좋기는 하겠느냐, 라고 들리는 무뚝뚝한 말투였다.

그것이 주진송은 너무나 마음에 들었다.

물론 무공을 다시 찾을 수 없다는 것은 그 누구보다도 자신이 잘 알았다.

단전 자체가 파괴되었는데 그 누가 그것을 복구할 수 있단 말인가.

주진송은 미소를 머금으며 답했다.

"찾는다면 좋겠지요. 태상 교주님을 위해 하루하루를 견뎌 냈습니다. 언젠가 저희를 다시 이끌어 주심을 알고 있었습니다."

갑자기 말없이 주진송을 바라보고 있던 독고천이 오른손을 내밀었다.

주진송은 어리둥절한 표정으로 그 움직임을 쫓았다.

독고천의 오른손이 푸른빛으로 빛나기 시작하더니 주진송의 복부로 스며들었다.

파앗─

갑자기 주진송이 검은 피를 토하기 시작했다.

"우우에엑."

검은 피 한 덩어리가 나오자마자 주진송은 상쾌하고도

맑은 기운이 복부 주위를 돌아다니기 시작함을 느꼈다.

"이, 이게 도대체……."

기였다.

오 년 전 마지막으로 느꼈던 내공이 자신의 복부에서 용솟음치듯 돌아다니고 있었다.

"대충 단전을 하나 만들어 놓았다. 아직까진 불안정하니 우선 본 교로 돌아가서 다시 손을 봐주마."

"보, 본 교 말씀이십니까?"

"그래."

"본 교라면 십만대산을 말씀하시는 겁니까?"

"그곳 외에 본 교가 있더냐?"

독고천의 담담한 말투에 주진송은 결국 참고 있던 눈물을 흘리며 흐느끼기 시작했다.

강했던 그도 결국 사람인 것이다.

한참을 조용히 눈물 흘리던 주진송이 소매로 눈가를 닦더니 환하게 웃으며 말을 꺼냈다.

"제가 앞장서겠습니다. 태상 교주님."

주진송이 다리를 절뚝거리며 앞장서서 걸어가기 시작했다.

독고천은 조용히 그 뒷모습을 바라보다가 살짝 미소를 머금고는 주진송의 뒤를 쫓았다.

　　　　　　*　　　*　　　*

　강호가 혼란으로 뒤덮였다.

　소림과 무당은 순식간에 멸문당했고 누가 사건의 주모자
인지도 밝혀지지 않았다.

　무당에 파견 보냈던 자는 정신이 미쳐 버려 횡설수설할
뿐이었고 파견자들을 보낼 때마다 이상하게 실종이 되어 버
려 무당의 정보를 알지 못했다.

　환상진을 쳐 놓은 것을 보아 술법에 능한 자들 같았는데
처음 보는 환상진이었다.

　혈교도 멸문한 지 오래였고 천마신교도 멸문당했다.

　귀마자들이라고 불리는 자들이 일어서려 하고는 있었지
만 그들은 감히 소림이나 무당을 건드릴 정도로 강하지 못
했다.

　강호무림맹과 정도련.

　오히려 이 둘이 주모자의 후보로 오르게 되고 말았다.

　강호무림맹은 이때가 기회라 생각하고 정도련이 범인이
되도록 증거를 조작하기 시작했고 정도련 또한 강호무림맹
에게 덮어씌우기에 바빴다.

　남은 구파일방은 자신들에게 불똥이 튈까 서로 눈치만 보
며 웅크릴 뿐이었다.

　강호의 정의는 땅에 떨어져 있었다.

강호무림맹의 분타가 지어질 예정이던 십만대산은 세인들의 뇌리에서 잊혀져 가고 있었다.

횅하고 아무도 신경 쓰지 않고 있던 십만대산은 조용히 꿈틀거리고 있었다.

아무도 모르게, 조금씩.

*　　*　　*

조용히 닫혀 있던 철문이 갑자기 열리기 시작했다.

끼이익—

철문 앞을 지키고 있던 사내들이 기겁하며 옆으로 비켜섰다.

"련주님께서 나오신다!"

"빨리 장로님께 알려라!"

사내 몇 명이 급히 어딘가로 부리나케 달려갔다.

철문이 다 열리자 봉두난발의 회의사내가 성큼성큼 걸어 나왔다.

회의사내가 무뚝뚝하게 중얼거리듯 말했다.

"내 검."

옆에 서 있던 사내가 급히 네모난 상자에서 검을 꺼내서 회의사내에게 정중히 건네주었다.

회의사내가 검을 받아 들고는 허리춤에 차더니 산발이던

머리를 뒤로 넘겨 매듭으로 묶었다.

"나갔다 온다."

그 말을 끝으로 회의사내가 순식간에 모습을 감추었다.

귀신의 곡할 노릇에 주위를 둘러싸고 있던 사내들은 어리
둥절하며 탄성을 내지를 뿐이었다.

*　　*　　*

단상에 앉아 있던 독고천 앞에 천선우가 부복하며 정중히
물어 왔다.

"부르셨습니까."

"그래, 환상진을 해체해라."

덤덤한 독고천의 말에 천선우가 짐짓 이해하지 못한 듯
되물었다.

"환상진을 말씀이십니까?"

"그래."

도저히 이해되지 않는 독고천의 명령이었지만 천선우는
고개를 끄덕이며 단호히 대답했다.

"존명."

잠시 나갔다 온 천선우가 다시 들어오며 독고천에게 조심
스럽게 물었다.

"환상진 해체를 명했습니다. 그런데 왜 해체하라고 하셨

는지 여쭈어도 되겠습니까?"

"이제 진출해야지 않겠느냐."

"진출이라면?"

"그래, 천하의 본 교가 숨어 지낼 순 없다. 강호에 천마신교의 재림을 알릴 때가 온 것이다."

독고천의 말투는 담담했지만 그 말의 내용은 전혀 범상치 않은 것이었다.

독고천의 말을 듣자마자 천선우는 전신이 흥분으로 떨려왔다.

드디어 무너졌던 천마신교가 다시 일어서는 날이 다가온 것이었다.

"하지만 재림을 알리게 되면 강호무림맹이나 정도련에서 쳐들어오지 않겠습니까?"

천선우가 걱정 어린 표정으로 묻자 독고천이 씨익 웃었다.

천선우는 저도 모르게 소름이 돋음을 느끼고는 내심 경악했다.

'무언가 있으시구나.'

잠시 미소를 머금던 독고천이 천선우를 바라보며 담담히 물어왔다.

"쳐들어오면 어찌 해야 할 것이냐?"

"맞서야 합니다."

"정확하다. 우리는 맞설 뿐이지."

담담한 독고천의 중얼거림에 천선우는 마른침을 삼키며 고개를 주억거렸다.

그랬다.

더 이상 천마신교는 쉽게 당하지 않을 것이었다.

눈앞의 사내가 함께하기에.

단상에 앉아 있던 독고천이 갑자기 일어서며 옆에 세워 놓았던 검을 허리춤에 찼다.

천선우가 어리둥절해하며 독고천을 바라보자 독고천이 담담한 미소를 머금으며 말했다.

"검 좀 휘두를 생각 있나?"

독고천의 의도를 파악한 천선우가 그제야 입가에 미소를 머금고는 흔쾌히 고개를 끄덕였다.

"옛."

"앞장서게."

"존명."

힘차게 앞장서 가는 천선우의 얼굴은 흥분으로 상기되어 있었고 기묘한 표정이 담겨 있었다.

'오늘이 그날이다.'

第三章
재림강호(再臨江湖)

강호무림맹에서는 정기 회의가 열리고 있었다.

항상 칠 일에 한 번씩 모든 장로들이 모여서 회의를 나누곤 했다.

평상시처럼 오늘도 다도를 하며 장로들은 잡담도 하고 히히덕거리면서 강호의 정세를 회의하고 있던 차였다.

그런데 갑자기 회의장 문이 벌컥 열렸다.

수하가 허겁지겁 들어오더니 부복하고는 큰소리로 외쳤다.

"속보를 가져왔습니다."

장로들 중 비천옹 장로가 벌떡 일어서더니 수하에게서 서신을 받아 들었다.

서신을 쫙 펼치고는 읽어 내려가던 비천웅 장로의 손이 갑자기 부들부들 떨리기 시작했다.

옆에 앉아 있던 진부반 장로가 무슨 일이냐는 듯 비천웅 장로가 들고 있던 서신을 빼앗 듯 낚아챘다.

그리고 서신을 읽어 내려가던 진부반 장로가 갑자기 힘없이 의자에 주저앉는 것이 아닌가.

심상찮은 분위기에 가장 상석에 앉아 있던 황보찬 장로가 달리다시피 다가오더니 서신을 읽어 내려가기 시작했다.

황보찬 장로가 허탈한 웃음을 터트리며 신음을 흘렸다.

"허……."

수석 장로인 황보찬 장로마저 그러한 모습을 보이자 의자에 앉아 있던 장로들이 아우성치듯 따져 왔다.

"도대체 무슨 일인데 그러시오?"

잠시 머뭇거리던 황보찬 장로가 무거운 침묵을 깨고 입을 열었다.

"……마교가 다시 일어섰다고 하오."

회의장 안은 누가 차가운 물이라도 끼얹은 마냥 조용해졌다.

"뭐라고 하셨소?"

장로들이 어처구니없다는 듯 되묻자 황보찬 장로가 애써 침착하게 한 글자씩 또박또박 서신을 읽어 내려갔다.

"강호무림맹주에게. 안녕하시오. 천마신교에서 보내는 서신이외다. 다름이 아니라 귀 맹에게 신세도 많이 졌고 하여 제일 먼저 기쁜 소식을 알려 주고자 이렇게 서신을 보내오. 본 교가 이번에 다시 문을 열었소이다. 본 교가 다시 재림한 기념으로 귀 맹을 초대하는 바이오."

황보찬 장로의 말을 조용히 듣고 있던 장로들이 믿지 못하겠다는 듯 아우성쳤다.

"나는 믿지 못하겠소."

"암암, 우리가 마교 놈들을 얼마나 깔끔하게 처리한지 알면서도 그런 말을 하시는 것이오?"

잠시 장로들의 아우성을 조용히 듣고 있던 황보찬 장로가 서신의 마지막 줄에 적혀 있는 이름을 천천히 읽었다.

"……천마신교 태상 교주 독고천 배상."

억 소리가 터져 나왔다.

전혀 생각지도 않던 이름이 나온 탓이었다.

독고천이라니.

천마신교의 태상 교주이자 검마라고 칭송까지 받던, 그러나 모두가 죽었다고 알고 있던 독고천의 이름이 나올 줄이야.

그 누구도 예측하지 못한 전개였다.

"황 장로. 무슨 소리를 하는 것이오. 설마 그 서신을 믿는 것이오?"

침묵한 채 서신을 노려보던 황보찬 장로가 힘없이 중얼거렸다.

"······사실인 것 같소."

"그게 무슨 소리이오?"

"본 맹과 정도련이 마교를 쳤을 당시 분명 그자는 없었소. 시체도 찾지 못했고 그와 싸웠다고 한 고수들도 없었소. 그러니 아마 그가 맞을 것이오······."

말을 꺼내면서도 황보찬 장로는 침음을 흘렸다.

절대로 살아서는 안 될 자가 살아 있던 것이다.

차라리 마교가 그대로이고 그자가 죽어야 수지가 맞을 정도로 그자의 영향력은 지대했다.

그가 만든 사건을 하나씩만 나열해도 강호를 경악시키기 충분했다.

흑검제가 그였고, 권왕을 죽인 것도 그였다.

공동파를 멸문시킨 것도 그였고, 소문으로는 멸마행 이후로 무적(無敵)이라 불리는 정도련주의 유일한 호적수가 바로 그라는 소문도 있었다.

솔직히 말해서 정도련은 별 볼일 없었다.

그러나 정도련주 한 명만으로도 정도련은 강호무림맹을 능가하기에 충분했다.

비록 겉으로는 인정하지 않았지만 정도련주는 그 정도의 영향력을 지닌 고수였다.

정도련주 무적제(無敵帝) 마동진!

강호제일고수(江湖第一高手)라 칭송받는 사나이.

강호절대삼인이라 불리던 경계를 허물고 새로운 경지를 개척한 검의 귀신.

그런데 소문으로는 그런 절대적인 무위를 지닌 마동진과 독고천이 붙은 적이 있었는데 호각을 이뤘다고 했다.

물론 아주 예전의 얘기이니 지금은 모르겠지만 그런 소문 하나만으로도 독고천은 충분히 강호무림맹에게 위협요소로 충분했다.

아니, 위협요소 정도가 아니었다.

최대의 적이었다.

"황보찬 장로, 이제 어찌할 것이오?"

장로들의 물음에 침묵을 지키던 황보찬 장로가 힘겹게 입을 열었다.

"초대를 받았으니 응해 주어야 하지 않겠소?"

황보찬 장로가 힘겹게 말을 꺼내자마자 장로들의 원성이 빗발쳤다.

"상대는 마교 놈들이오! 그놈들에게 휘둘리다간 끝도 없소이다. 예전 성세를 회복하긴 어려울 테니 지금 당장 치는 것이 좋다고 생각하오."

"맞소. 기습하는 것이 유일한 길이오!"

황보찬 장로가 조용히 오른손을 들자 장로들이 동시에 입을 다물었다.

황보찬 장로가 침울한 표정으로 입을 열었다.

"다들 소림과 무당이 멸문한 것을 알고 있을 것이오."

회의장이 순식간에 서늘해졌다.

회의장에는 총 열 명의 장로가 앉아 있었는데 그중 여섯 명 이상이 멸문한 문파들과 간접적으로나 직접적으로 관련이 있던 탓이다.

잠시 뜸을 들이던 황보찬 장로는 나직이 말을 이어 나갔다.

"내가 보기엔 그 흉수가 바로 마교 놈들인 것 같소."

누구도 반박하지 못했다.

시기가 너무나도 절묘했다.

소림과 무당은 하루아침에 멸문할 정도의 문파가 아니었다.

그 정도의 문파를 멸문시킬 정도라면 충분한 세력을 되찾았다는 말이었다.

만약 흉수가 마교라면 저번처럼 기습할 수 없었다.

또한 이미 기습을 당한 적이 있으니 이미 그에 대한 대응을 준비하고 있을 것이다.

분명 꿍꿍이가 있기 때문에 감히 본 맹에 초대장을 보낸 것이고 말이다.

장로들은 그저 이를 악다문 채 분노를 참아 내고 있었다.

굴욕이 물밀듯이 밀려왔지만 황보찬 장로가 주먹을 불끈

쥐었다.

"초대에 응하도록 하겠소. 당장 서신을 작성하여서 마교에 보내라."

"옛."

부복해 있던 수하가 곧바로 문을 박차고 나서자 황보찬 장로를 비롯한 모든 장로들의 입에서 무거운 한숨이 흘러나왔다.

"휴우."

황보찬 장로는 내심 패덕진을 구렁텅이로 밀어뜨린 것이 안타까웠다.

만약 신검협 패덕진이 살아 있었더라면 이런 걱정은 안 했을 것이다.

직접 천하문에서 독고천을 다시 처단할 것이고 강호무림맹은 숟가락만 얹어 놓으면 되는 판이었다.

그러나 패권 욕심으로 인해 천하문을 멸문시킨 것이 이렇게 자신의 목을 죄어 올 줄은 몰랐다.

'하아.'

오늘따라 황보찬 장로의 얼굴은 주름으로 가득했다.

*　　　*　　　*

굳게 닫혀 있던 천마신교의 커다란 대문은 활짝 열려 있었다.

주위 잡초도 모두 제거하여 깔끔했으며 박살 났던 현판들도 모두 고쳤다.

그리고 대문 오른편에는 헌앙한 모습의 백의사내가 다리를 꼰 채 의자에 앉아 있었다.

백의사내, 우진후가 외치듯 말했다.

"이봐."

아무것도 없던 허공에서 흑의사내들이 나타나며 부복했다.

"옛."

"초대장 보낸 거 맞아?"

"예. 맞습니다."

"그런데 왜 아무도 안 오지?"

우진후가 중얼거리듯 말하다 문뜩 이유를 깨닫고는 고개를 주억거리며 중얼거렸다.

"하긴, 나 같아도 오지 않겠지. 그래도 너무 없는데 말이지."

아쉬운 듯 입맛을 쩝쩝 다시던 우진후가 갑자기 벌떡 일어서며 한곳을 바라보았다.

그리고 화색하며 씨익 웃었다.

"드디어 오는군."

달그락달그락.

저 멀리서 두 대의 마차가 뿌연 먼지를 휘날리며 달려오고 있었다.

마차가 가까워질수록 마차의 형상이 뚜렷이 보였는데 투박해 보였지만 자세히 보면 매끄러운 것이 명인의 손이 닿은 마차임을 알 수 있었다.

마차가 대문 앞에 끼익, 멈춰 서더니 마부가 마차의 문을 벌컥 열었다.

문이 열리자 마차 안에서 세 명의 중년인이 내렸는데 하나같이 엄청난 기세를 뿜어내는 것을 보아 고수인 듯 보였다.

우진후가 미소를 머금으며 최대한 상냥하게 물었다.

"어디서 오신 분들입니까?"

"강호무림맹에서 왔소."

중년인 중 가장 비대한 몸집의 중년인이 투덜거리듯 말하자 우진후의 눈썹이 살짝 꿈틀거렸다.

하지만 곧바로 표정을 가다듬고는 품속에 있던 배첩을 꺼내 들었다.

"이곳에 서명을 해 주십시오."

중년인들은 말없이 배첩에 붓을 휘갈기고는 다시 마차 속으로 들어가 버렸다.

우진후가 이를 갈았지만 화를 삭이며 손을 휘저었다.

"들어가셔도 좋습니다."

"이럇!"

마부가 힘차게 채찍질을 하자 마차가 달그락거리며 움직이기 시작하더니 대문을 지났다.

마차의 모습이 사라지자마자 우진후가 침을 땅에 뱉으며 투덜거렸다.

"빌어먹을 정도 놈들."

사실 우진후도 따지고 보면 명문정파의 후예였지만 최근에 변해 버린 정도인들을 겪어 보고는 치가 떨릴 정도였던 것이다.

그리고 한 시진 정도 멍하니 앉아서 숲 속을 쳐다보던 우진후가 기쁜 듯 벌떡 일어섰다.

"또 오는구나."

저 멀리서 엄청난 먼지를 일으키며 무언가 달려오고 있었다.

서서히 가까워질수록 마차가 아닌 사람인 것을 알게 되자 우진후가 혀를 찼다.

"달랑 한 명인가."

투덜거리던 우진후는 달려오던 사람이 순식간에 지척에 다다르자 입을 다물고 말았다.

엄청난 기세가 물씬 풍겨 오고 있었는데 일견 보기에는 닭 모가지조차 비틀 힘마저 없어 보이는 노인네였다.

아니, 노인네라고 하기엔 좀 젊었고 중년인이라 하기에는 늙은 애매한 사내였다.

"어디서 오셨습니까?"

"산야에서 왔다. 이놈아."

노인이 이죽거리며 말하자 우진후의 인상이 찌푸려졌다.

'뭐 찾아오는 사람들마다 이런 버르장머리하고는. 예의가 없군.'

그러나 내심과는 달리 우진후의 겉모습은 매우 평온해 보였다.

"이름이 어떻게 되십니까?"

"장용진."

장용진이란 말에 우진후가 고개를 갸웃거렸다.

분명 범상치 않은 기운을 흘리고 있음에도 불구하고 난생처음 듣는 이름인 것이다.

억지로 기운을 갈무리 하고 있었지만 절정에 다다른 우진후의 눈을 속일 순 없었다.

분명 눈앞의 노인은 자신이 상상도 하지 못할 고수임에 분명했다.

그런데 기운이 눈에 익었다.

'정도인 듯 하면서 실질적으로 어둡고도 낯설지 않은 기운은 도대체 뭐지?'

기운을 갈무리하고 있을 때는 정도를 걷는 인물로 보였다.

그러나 가까이서 보자 당장에라도 터질 듯한 폭풍을 억지로 몸 안에 감춘 마냥 폭발적이고 낯설지 않은 기운이 노인에게서 풍기고 있었다.

우진후가 조심스럽게 물었다.

"실례지만 명호가 어떻게 되시는지?"

노인이 피식 이를 내보이며 웃었다.

"신마(神魔)."

우진후는 저도 모르게 억 소리를 냈다.

그동안 신비롭게 숨어 지내던 강호절대삼인 중 한 명이 눈앞에 모습을 드러낸 것이다.

권왕은 죽고, 검신은 얼핏 듣자 하니, 믿지는 못하겠지만 우화등선해 버렸고.

유일하게 남은 강호절대삼인 중 한 명이 바로 신마였던 것이다.

그리고 그 신마가 천마신교 앞에 서 있었다.

"시, 신마 말씀이십니까?"

"그래, 안에 독고천이 있느냐."

태상 교주의 이름을 함부로 불렀지만 우진후는 결코 화내지 못했다.

눈앞의 사내는 지금은 잊혀지고 있었지만 한때 강호의 전설이던 인물.

또한 독고천과 실제로 연이 닿아 있을지도 몰랐다.

우진후가 정중히 고개를 숙이며 답했다.

"예, 선배님. 안에 계십니다."

우진후의 정중한 모습에 장용진이 만족한 듯 우진후의 어깨를 툭툭 치며 흐뭇하게 웃었다.

"그놈이 아랫놈들 교육은 잘 시켰구만그래."

그 말을 끝으로 장용진은 천마신교 안으로 들어가 버렸다.

홀로 남은 우진후는 아직까지 여운이 남았는지 몸을 부르르 떨었다.

그러나 우진후는 몰랐다.

그것이 바로 시작이었다는 것을.

*　　*　　*

태양이 지며 노을을 만들어 내고 있었다.

아름다운 노을을 멍하니 올려다보던 우진후는 허탈한 듯 웃으며 배첩을 넘겼다.

"신마 장용진, 유운일검 종지일, 곤륜검왕 석동, 청운신검 풍백, 매화검 태자운……."

다들 각 문파를 책임지고 있는 장문인들이었다.

이게 도대체 무슨 일인가.

단지 초대장을 보냈을 뿐인데 각 문파의 장문인들이 직접 찾아올 줄이야.

물론 구파일방의 명성이 예전 같진 않지만 직접 장문인들이 움직인다는 것은 무언가 일이 벌어지고 있음을 뜻했다.

거기다 정파의 기둥들이 비록 망하긴 했었지만 그래도 어연한 마도의 기둥인 천마신교로 모여들다니.

마치 터지기 직전의 활화산이 아닌가.

무언가 일이 커짐을 느끼고는 우진후는 절로 몸을 떨었다.

'무언가 있다.'

그러나 우진후는 이내 고개를 내저었다.

독고천이 누구던가.

이미 이 모든 것을 예측했을 것이다.

독고천에 대해 생각하자 거짓말처럼 우진후의 몸을 휘감고 있던 불안감이 감쪽같이 없어졌다.

그는 절대적인 존재였다.

이제 노을도 지고 서서히 어둠이 깔리기 시작했다.

우진후는 이제 슬슬 대문을 걸어 잠그기 위해 왼쪽 문을 먼저 닫았다.

그리고 오른쪽마저 닫으려는데 어느새 왔는지 모를 회의사내가 눈앞에 서 있었다.

절정고수라 스스로 자부하는 우진후조차 인기척을 느끼지 못했다.

우진후와 회의사내의 눈이 허공에서 얽혔다.

우진후는 저도 모르게 신음을 터트리며 다리에 힘이 풀림을 느꼈다.

독고천을 다시 만났을 때의 성난 해일을 눈앞에 둔 느낌.

그러한 느낌이 회의사내에게서 뿜어지고 있었다.

회의사내는 살짝 장난기 어린 미소를 입에 머금으며 입을 열었다.

"여기가 천마신교 맞나?"

"그, 그렇습니다."

우진후가 말을 더듬으며 말하자 회의사내가 싱긋 웃으며 어깨를 툭툭 쳤다.

"겁먹지 마. 너도 꽤 강한데 뭘."

우진후는 아무 말도 하지 못한 채 서 있었다.

회의사내가 어깨를 두들기자 엄청난 내력이 우진후의 몸을 파고들었기 때문이다.

우진후는 땀을 흘리며 몸에 스며 들어온 내력과 싸우고 있었다.

그 모습을 바라보던 회의사내가 슬쩍 손을 휘두르자 우진후의 몸에서 돌아다니던 내력이 순식간에 증발하듯 없어져 버렸다.

우진후가 깊은 한숨을 내쉬며 이마에 흐르는 땀을 소매로 닦아 내렸다.

"어, 어디서 오셨습니까?"

"정도련."

우진후가 힘겹게 붓을 들고는 배첩에 적어 내려갔다.

그리고 고개를 들었을 때 회의사내는 순식간에 사라져 보이지 않았다.

우진후가 털썩 의자에 주저앉으며 힘없이 중얼거렸다.

"……저자는 분명 무적제 마동진이겠군."

천마신교에 강호를 좌지우지하는 거인들이 속속히 모여들고 있었다.

강호를 주무르는 폭풍들이 천마신교로 한데 모였건만 천마신교 내부는 매우 조용했다.

마치 폭풍전야처럼.

*　　*　　*

회의장은 고요했다.

사내들은 각자 매서운 눈빛을 빛내며 의자에 앉은 채 팔짱을 끼고 있었는데 하나같이 천하를 격동시키는 고수들이었다.

홀로 동떨어진 채 앉아 있던 장용진은 연신 투덜거렸다.

소싯적 자신이 강호에 질타할 당시 태어나지도 않은 녀석들이 자신과 동격으로 앉아 있으니 못마땅할 만도 했다.

"아니, 독고천 이놈은 왜 이리 안 나오는 거야."

독고천이란 말에 다른 사내들의 눈이 번뜩였다.

특히 곤륜검왕 석동의 눈이 활화산 타듯 이글거리고 있었다.

아버지의 죽음을 저 멀리서 지켜봐야 했던 아들의 분노는 매우 클 것이 분명했다.

다른 사내들은 덤덤히 안정을 유지하는 듯 보였으나 오른편에 앉아 있는 사내를 연신 힐끗거리며 눈치를 보고 있었다.

무적제 마동진!

마동진은 뒤로 목을 젖힌 채 코까지 골며 자고 있었다.

"드르렁."

간혹 입맛을 다시며 잠꼬대를 하는 듯했으나 그 어떤 사내들도 그를 경망스럽다 하지 못했다.

강호의 천하제일고수가 누구요, 묻는다면 가장 첫 손가락에 꼽힐 자가 바로 마동진이었다.

하지만 그들도 알고 있었다.

더 이상 마동진이 천하제일고수가 아닐 수도 있다는 것을.

그렇기에 은거하듯 숨어 있던 마동진이 손수 모습을 드러낸 것일 터였다.

천하제일고수 자리를 다투기 위해서.

유운일검 종지일과 청운신검 풍백은 안면이 있는지 연신 서로 속닥이며 이야기를 나누고 있었다.

매화검 태자운은 고요히 눈을 감고는 명상에 잠겨 있었다.

강호무림맹에서 나온 황보찬 장로와 기용운 장로는 입을 굳게 다문 채 한쪽을 바라보고 있었다.

회의장 입구는 굳게 닫혀 있었는데 모두들 살짝이나마 그곳을 힐끗거리고 있었다.

천천히 발자국 소리가 들려오기 시작하더니 문 앞까지 소리가 다다랐다.

서성거리던 장용진이 문 쪽을 바라보았고, 종지일과 풍백도 나누던 이야기를 멈추었다.

눈을 감고 있던 태자운도 천천히 눈을 떴고 석동은 애써 분노를 가라앉히듯 몸을 부르르 떨고 있었다.

마동진은 아직도 잠에 빠져 있는지 코를 골고 있었다.

문이 천천히 열렸다.

끼이익.

날카로운 인상의 흑의사내가 모습을 드러내자 갑자기 석동의 신형이 자리에서 튕기듯 흑의사내에게 쏘아져 나갔다.

슈욱―

석동의 품속에서 작은 단도가 튀어 나오더니 당장에라도 흑의사내의 목을 꿰뚫을 것 같았다.

흑의사내는 멍하니 서 있었는데 갑자기 석동의 손에서 단도가 뚝 하고 떨어지더니 움직임이 멎었다.

한참을 가만히 서 있던 석동이 몸을 부르르 떨다가 이내 앞으로 고꾸라지며 피를 토했다.

"우웩."

피를 토해내는 석동의 옆을 지나친 흑의사내가 단상에 앉고는 씨익 웃으며 입을 열었다.

"다들 안녕하셨소?"

독고천의 말에 모두들 침음을 흘렸다.

비록 석동이 약관의 나이이긴 하지만 곤륜파를 맡고 있을 정도로 절정의 벽에 다다른 고수였다.

그런 고수를 단순한 눈빛으로 내상을 입게 할 정도면 차원이 다른 고수라 봐야 했다.

예상과는 한참 다른 독고천의 무위에 모두들 속으로 계획을 수정하고 있었다.

코를 골고 있던 마동진이 입을 쩝쩝거리며 목을 이리저리 비틀더니 독고천을 발견하고는 빙긋 웃었다.

"잘 지냈나?"

"나름."

독고천과 마동진의 말을 듣고 있던 사내들의 눈동자가 흔들렸다.

무적제 마동진과 인연이 있었을 줄이야.

그것은 강호무림맹에서 생각지도 못한 상황이었다.

본래 마동진을 부추겨서 골칫거리인 독고천을 제거하려 했으나 이런 화기애애한 상황을 보아하니 무언가 꼬이고 있었다.

마동진이 피식 웃었다.

"내가 말했지. 언젠간 다시 만나게 될 것이라고."

"친구가 아니라면 적이라고 하지 않았나?"

"적 맞아. 난 정도련주, 너는 천마신교 태상 교주. 세 살 먹은 어린아이도 생각할 수 있는 셈이지."

마동진의 말을 조용히 듣고 있던 독고천은 문뜩 장용진에게 시선을 돌리며 고개를 살짝 까닥였다.

"오랜만이오. 장용진 선배."

"오냐. 아주 빨리도 인사하는구나."

장용진의 대답에 다른 사내들의 눈이 경악으로 물들었다.

장용진의 정체를 알자 다른 사내들의 시선이 새삼스럽게 달라지기 시작했다.

강호절대삼인 중 한 명인 신마라니.

지난 세월 동안 잠잠하던 신마가 나타난 것도 모자라서, 독고천과 친분이 있을 줄이야.

일이 꼬여 갔다.

본래 황보찬과 기용운은 다른 문파의 장문인들과 힘을 합쳐서 독고천을 암습하려 온 것인데 너무나도 큰 장애물이 나타난 것이다.

신마란 이름은 결코 작지 않았다.

독고천이 주위를 훑더니 천천히 입을 열었다.

"우선 본 교의 초대에 응해 주어서 감사하오. 특히 정도련주와 강호무림맹에서 두 장로분이 오셨고 각 문파의 장문인들께서 직접 오셨으니 감사할 따름이오. 그리고 장용진

선배께도 감사의 말씀 전하고 싶소."

잠시 입을 다물던 독고천이 재차 말을 담담히 이어 나갔다.

"본 교는 강호무림맹, 정도련, 천하문, 그리고 구파일방에 의해 멸문하였었소. 그러나 그것에 대해 시비를 가리고 싶지 않소. 힘이 있는 자가 힘을 행하는 것은 강호의 법칙이니까."

독고천의 눈빛이 한층 칙칙해지며 어두운 빛을 뿜어내고 있었다.

몸에서는 기묘한 붉은 마기가 스멀스멀 흘러나오며 좌중을 압도하고 있었다.

"하지만 본 교는 은원에 대해서는 확실하오. 무당과 소림의 본보기를 보았을 것이오. 그러나 이렇게 하다간 강호 자체가 없어질 판이지. 그러니 한 가지 제안하고자 하오."

모두가 긴장되는지 마른침을 삼켰다.

"이곳에 서명을 하는 문파는 본 교와 합의를 맺었다고 생각하고 절대로 공격하지 않겠소. 하지만 서명을 하지 않은 문파는……."

독고천이 말을 흐리며 입을 다물었지만 바보가 아닌 이상 모두가 뒷말을 알아들을 수 있었다.

한마디로 서명하면 친구, 서명하지 않으면 적이라는 간단한 이분법이 눈앞에 놓여진 것이다.

황보찬 장로가 분개하며 벌떡 일어섰다.

"네 이놈! 오만방자하구나. 네놈이 과연 우리 모두를 상대할 수 있을 거라 생각하느냐?"

"우두머리가 없는 조직은 홍수를 만난 개미들과도 같지."

독고천의 나직한 말에 황보찬 장로가 씩씩거리며 독고천을 노려보았다.

그리고 독고천의 칙칙한 눈동자를 바라봄과 동시에 황보찬 장로가 검붉은 피를 토했다.

"우웨엑."

한 사발의 피를 토했음에도 황보찬의 눈에서는 독고천에 대한 분노가 사라지지 않았다.

황보찬과 기용운만이 분개해서 씩씩거릴 뿐, 다른 사내들은 조용히 침묵을 지키고 있었다.

그러던 중 갑자기 풍백과 종지일이 벌떡 일어서더니 서명서 옆에 놓여 있던 붓을 잡고는 시원스럽게 서명란에 이름을 휘갈겼다.

접창파 장문인 종지일.
청성파 장문인 풍백.

풍백과 종지일이 서명을 마치고 정중히 포권을 해 왔다.

"귀 교에 평온이 깃들길 바라겠소."

"귀 교가 번창하기를."

독고천도 벌떡 일어서더니 정중히 포권하며 고개를 까닥였다.

"고맙소. 귀 파들도 번창하시오."

풍백과 종지일은 그 말을 끝으로 회의장 밖으로 나가 버렸다.

그 모습에 황보찬이 이를 갈았다.

'이 배신자 놈들!'

속으로 욕지거리를 내뱉던 황보찬은 슬쩍 마동진을 바라보았다.

솔직히 구파일방 놈들은 있으나 마나였다.

어차피 놔둬도 몰락해 가는 문파였다.

실질적인 힘은 정도련에게 있었다.

정도련주가 어떤 결정을 하느냐에 따라서 모든 것이 달라질 것이었다.

조용히 앉아 있던 태자운도 서명을 하고는 포권한 후 자리를 떴다.

이제 네 명만이 회의장에 남아 있을 뿐이었다.

장용진이 고개를 갸웃거리며 투덜거리듯 물었다.

"이놈아, 나는 문파가 없는데 왜 나를 부른 것이냐."

"선배가 왜 문파가 없소. 모든 사마 무리들이 선배의 편 아니겠소."

독고천의 말에 장용진이 만족한 듯 키득거리며 고개를 끄덕였다.

"그건 그렇지."

장용진도 서명을 하고는 독고천의 어깨를 툭 치고 밖으로 나섰다.

황보찬과 기용운은 마동진의 눈치를 살폈다.

그러나 마동진은 알지 못할 미소를 입가에 머금은 채 독고천을 바라보고 있을 뿐이었다.

갑자기 마동진이 벌떡 일어섰다.

독고천과 마동진의 시선이 허공에서 얽혔다.

마동진이 미소를 머금은 채 덤덤히 입을 열었다.

"본 련은 다시 오늘부로 천마신교와의 전쟁을 선포한다."

그 말을 끝으로 마동진은 밖으로 나가 버렸다.

그러나 마동진의 발걸음은 매우 가벼워 보였고 어깨는 한층 즐거운 듯 들썩이고 있었다.

황보찬과 기용운은 안도의 한숨을 내쉰 후 이를 갈 듯 외쳤다.

"본 맹도 귀 교와의 전쟁을 선포한다!"

황보찬과 기용운은 거칠게 문을 닫으며 회의장을 나가 버렸다.

홀로 남겨진 독고천은 물끄러미 서명서를 바라보고 있다가 품 안에 갈무리했다.

어딘가를 뚫어져라 쳐다보는 독고천의 눈동자는 우물처럼

칙칙할 뿐이었다.

잠시 멍하니 앉아 있던 독고천이 몸을 일으키고는 회의장을 지나 작은 문 앞에 섰다.

끼익—

독고천이 문을 열고 들어서자 짙은 어둠이 반겨 왔다.

독고천은 어두운 암실에 멍하니 서 있었다.

암실 구석에는 침대가 놓여 있었는데 백수룡이 멍하니 눈을 동그라니 뜬 채 누워 있었다.

아직까지 심령술을 풀지 못한 탓에 백수룡은 정신을 차리지 못하고 있었다.

다행히 백수룡을 숨겨 놓았던 암실은 천선우가 맡고 있었는데 멸문할 당시 몰래 숨겨 놓은 채 관리해 왔다 했다.

독고천이 슬쩍 의자를 가져와 침대 옆에 놓고는 주저앉듯 앉았다.

백수룡을 내려다보고 있자 스승님의 얼굴이 절로 떠올랐다.

조용히 백수룡의 맑은 눈동자를 바라보던 독고천이 스리슬쩍 천마신교를 나와 무작정 길을 걸었다.

전쟁이 선포되었다.

천마신교와 정도련, 그리고 강호무림맹과의 전쟁.

구파일방이 빠지긴 했지만 언제 강호무림맹이 달콤한 유혹으로 구파일방을 끌어들일지 몰랐다.

그렇기에 독고천은 본보기로 소림과 무당을 처리한 것이었다.

본 교의 행사를 무시하면 언제든지 복수하겠다는 그런 무언의 의지를 보여 준 것이었다.

그리고 그것은 통했다.

남은 구파일방 모두가 전쟁에서 발을 뺐다.

이젠 저번에 터졌던 정마대전과는 다른 정식적인 절차를 밟은 것이었다.

기습으로 당했기에 천마신교가 당했던 것이지 절대로 정식 전투에서 천마신교가 질 리가 없었다.

그들은 정예였고 최강의 마도인들이었다.

강호무림맹과 정도련 측에서도 이미 천마신교에 선포를 하였기에 저번과도 같은 운을 바랄 순 없었다.

그러니 결국 소강상태로 이어질 것이 빤했다.

거대한 세 세력의 전쟁이 선포되었지만 강호는 남의 일인 마냥 고요하기만 했다.

第四章
인연지연(因緣之聯)

독고천은 산길을 걷고 또 걸었다.

경신술을 이용하여 깊은 숲 속을 한순간에 벗어날 수 있음에도 불구하고 독고천은 터벅터벅 한 걸음씩, 조금씩 걸어가고 있었다.

독고천의 발걸음이 도착한 곳은 불타 버린 채 재만 남은 초가집이었다.

물끄러미 초가집을 바라보던 독고천이 발걸음을 옮기려는데 문득 인기척이 느껴졌다.

"나오거라."

독고천이 덤덤히 말하자 숲 속에서 한 소년이 걸어 나왔다.

넝마를 걸친 채 햇볕에 시꺼멓게 그을린 소년.

곽후의 눈에는 눈물이 그렁그렁 맺혔고 입가에는 미소가 걸려 있었다.

"아저씨!"

곽후가 갑자기 달려오더니 독고천의 다리를 부여잡으며 울기 시작했다.

"엉엉."

얼마나 서럽게 울던지.

산짐승들도 곽후의 울음소리에 대답하듯 울고 있었다.

한참 동안 울던 곽후가 울음을 그치며 독고천을 올려다보았다.

곽후의 얼굴은 홀쭉해져 해골 같았고 눈은 탱탱 부어 있었다.

입술은 말라 터져 있었고 손발은 터서 살가죽이 벗겨지려하고 있었다.

"저 매일 여기 와서 아저씨를 기다리고 있었어요."

"왜 나를 기다렸나?"

독고천이 칙칙한 눈동자로 내려다보며 말하자 곽후가 몸을 부르르 떨었다.

알지 못할 위압감이 절로 곽후의 몸을 뒤덮으며 휘젓고 있었다.

그러나 곽후는 이를 악물며 답했다.

"생명의 은인이시잖아요."

독고천은 아무 말 없이 곽후를 내려다보고 있었다.

곽후가 싱긋 맑은 미소를 지어 왔다.

"그러니 은혜를 갚고 싶어요."

"필요 없다."

그 말을 끝으로 독고천은 뒤돌아서서 걸어갔다.

그 뒤로 곽후가 급히 쫓아오며 독고천의 다리를 부여잡았다.

"제발, 제발요……. 나를 버리지 마세요……."

당장에라도 울음을 터트릴 것 같았지만 곽후는 이를 악물며 참았다.

또다시 울면 눈앞의 아저씨가 없어질 것 같았다.

울보는 싫다며 떠날 것 같았다.

독고천의 눈썹이 바람에 휘날리듯 살짝 흔들렸다.

사실 이곳에 돌아온 것도 알지 못할 미련이 남아서였다.

곽후라는 소년을 처음 봤을 때의 그 느낌.

그 느낌이 너무 선명했다.

그리고 우연찮게 다시 곽후라는 소년을 보았을 때 인연의 끈을 느끼고 있던 차였다.

"나를 따라오게 되면 많은 고초들이 있을 것이다. 괜찮겠느냐."

문득 독고천은 이 상황을 어디선가 겪은 것이 떠올랐다.

예전 우진후를 거둘 때도 이런 경험이 있었다.

그러나 그때와 지금은 달랐다.

예전에는 마룡지체를 지닌 우진후를 호기심 삼아 제자로 삼았던 것에 불과했지만 곽후에게서는 인연의 끈을 느끼고 있었다.

인연을 넘어선 운명!

독고천의 말을 곰곰이 고민하던 곽후가 독고천을 올려다보았다.

만약 바로 대답이 나왔더라면 독고천은 내심 실망했을지도 몰랐다.

그러한 침착함이 독고천에게 곽후의 모습을 더욱 긍정적으로 평가하게 했다.

곽후가 조심스럽게 입을 열었다.

"솔직히 고난이나 힘든 것을 참기는 어려워요. 하지만 아저씨를 쫓아가게 되면 그런 것을 겪어야 한다고요? 그렇다면 겪을래요. 버틸래요. 버텨서 아저씨와 있을 수 있다면 이겨 낼게요!"

끝에 가서는 자신 스스로 다짐하는 듯한 말투로 내뱉던 곽후의 뺨이 복숭아처럼 붉게 상기되었다.

묵묵히 곽후를 내려다보던 독고천이 엄한 표정을 지으며 입을 열었다.

"구배지례를 올리거라."

구배지례라는 것을 자세히는 몰랐지만 이것이 사부와 제자의 관계로 발전하는 하나의 형식임을 알고 있던 곽후는 어설프게나마 절을 올렸다.

본래 천마신교에서는 제자라는 개념이 드물었다.

특히 구배지례는 정도를 걷는 무리들이 택하는 것이 대부분이었다.

그러나 독고천은 곽후를 어느 쪽에도 치우치게 하고 싶지 않았다.

자신은 마도의 길을 걷는 마인이지만 어느 순간 무언가를 깨달은 것이다.

마도와 정도의 중간, 중도(中道)!

그것이 최적의 길임을 깨달은 것이었다.

검은색도 아니고 하얀색도 아닌 회색.

훗날 마도와 정도를 불문하고 강호를 진동시킬 한 명의 검객이 마도의 전설을 만났던 순간이었다.

*   *   *

독고천은 정공과 마공에 폭넓은 깨달음을 지니고 있었다.

정도 문파들을 멸문시키며 얻은 무공들과 본래 천마신

교에 있는 마공들을 거의 모두 섭렵했으니 당연한 결과였다.

그러나 독고천은 마도의 정점인 인물.

아무래도 정공을 가르치려다 보니 배는 힘들 수밖에 없었다.

"사부님, 이거는 어찌해야 하나요?"

곽후가 쫄래쫄래 달려오더니 서적 한 부분을 가리키며 물었다.

글을 몰랐던 곽후였지만 뛰어난 이해력과 암기력을 자랑하며 빠른 시간 만에 글을 익히고 있었다.

간혹, 아이답지 않은 날카로운 통찰력은 독고천조차 감탄케 했다.

"흠."

소림의 나한신공 구결을 읽어 보던 독고천은 고민에 빠졌다.

구결은 모두 이해가 갔지만 어떻게 설명해야 할지 모르겠던 것이다.

우진후를 가르칠 때는 어느 정도 무공에 넓은 지식을 가지고 있었기에 가르치기 쉬웠는데 곽후는 기초조차 없는 아이였다.

그렇기에 차근차근 자세히 설명해 주어야 했는데 독고천은 거기서 어려움을 느끼고 있었다.

"이건 말이다."

독고천이 하나씩 알려 주자 조용히 듣고 있던 곽후는 놀랍게도 알아듣는 듯 고개를 주억거리고 있었다.

"그러니까 이게 이거라는 거죠?"

"그렇지."

독고천이 새삼 놀라며 고개를 끄덕이자 곽후는 고맙다는 듯 고개를 조아리고는 다시 저 멀리 떨어져서 서적을 읽어 내려갔다.

하나를 가르치면 두 개를 알았다.

두 개를 가르치면 네 개를 알았으며 다섯 개를 가르치면 열 개를 알았다.

내심 꼬마에게 시기심조차 생길 정도였다.

'이십 년 후, 강호는 놀랄 것이다. 한 명의 절대고수가 나타날 터이니.'

독고천은 시간이 가는 줄도 몰랐다.

곽후와 하루 종일 논검을 하며 무공에 대해 토론을 하다 보면 하루가 금방금방 지나갔다.

곽후는 말 그대로 경천동지할 경지를 개척하고 있었다.

처음에는 실수도 자주 하고 이해도 못하는 것들이 많았지만 절대고수인 독고천 아래서 가르침을 받다 보니 솜이 물을 흡수하듯 지식을 빨아들이고 있었다.

한 달이 흘렀을 때는 삼 년 이상 수련한 강호인들 저리

가라 할 정도로 방대한 깨달음을 자랑하고 있었다.

천고의 기재였다.

스승도 뛰어나고 제자도 뛰어나니 금상첨화였다.

물론 세월이란 무시할 수 없기에 내공 및 실질적인 움직임은 떨어지는 편이었다.

하지만 내적으로 깨달음이 뛰어나니 시간만 지나면 그것은 저절로 따라올 것들이었다.

이제 경험을 쌓아야 했다.

*   *   *

곽후가 들고 있던 목검이 기묘한 각도로 꺾이며 독고천의 목을 찔러 왔다.

독고천은 살짝 고개를 꺾으며 목검을 피한 후 곽후의 오른발을 걸어찼다.

퍽!

곽후의 몸이 옆으로 훙 뜨더니 보기만 해도 아플 정도로 나자빠졌다.

쿠당탕탕!

온몸이 흙투성이가 된 곽후는 신음조차 흘리지 않은 채 벌떡 일어섰다.

독고천이 터져 나오는 탄성을 안으로 삼켰다.

얼마 전까지 무공에 무 자도 모르던 아이라고는 절대로 생각할 수 없었다.

순진하게 웃거나 데려가 달라며 울던 그 아이가 아니었다.

목검이든 나뭇가지든 손에만 쥐면 곽후의 눈동자가 달라졌다.

마치 다른 사람 같았다.

곽후는 날카로운 눈빛을 빛내며 이리저리 독고천을 살폈다.

독고천이 내심 혀를 찼다.

'정말 그 꼬맹이가 맞는가.'

생각이 끝나기도 전에 곽후의 신형이 독고천에게 뛰어들었다.

"하압!"

곽후의 기합성과 함께 목검이 독고천의 어깨에 내리꽂혔다.

독고천은 왼손으로 가볍게 목검을 쳐 내며 곽후의 복부를 밀 듯 걷어찼다.

퍼억!

무형의 기운이 곽후를 뒤로 밀어내더니 이내 기운이 굉음과 함께 터져 나갔다.

콰앙!

곽후가 뒤로 나자빠지며 땅에 머리를 거칠게 박았다.

곽후는 다시 벌떡 일어났지만 약간의 뇌진탕이 생겼는지 비틀거리며 몸을 가누지 못했다.

"으으."

침까지 흘리며 비틀거리던 곽후가 자신의 주먹으로 머리를 세게 가격했다.

그제야 정신을 차린 듯 곽후가 한 번 머리를 절레절레 흔들더니 독고천을 노려보았다.

곽후는 곧바로 달려오며 목검을 휘두르려 했지만 크게 휘청이더니 앞으로 나자빠졌다.

우당탕탕!

땅에 얼굴을 처박은 곽후는 기절했는지 한동안 일어나지 못했다.

독고천이 곽후의 등덜미를 부여잡고는 일으켰다.

"우웩."

곽후가 피를 토하며 무릎을 꿇더니 뒤로 넘어갔다.

독고천이 가볍게 곽후의 머리에 발을 대어 땅과 부딪치는 것을 막았다.

곽후의 몸 상태는 말이 아니었다.

약 십 년 이상 무공과 상관없던 생활에서 갑작스럽게 무공을 익히게 되었으니 골병이 나는 것은 당연했다.

정신을 잃은 줄만 알았던 곽후는 놀랍게도 입가의 피를

닦으며 씨익 웃었다.

"정말 빠르세요."

강인한 정신력을 보여 주는 곽후를 내려다보던 독고천은 손을 내밀며 미소를 머금었다.

"일어나라."

"감사합니다."

힘겹게 몸을 일으킨 곽후가 몸을 휘청였다가 금세 중심을 잡으며 거목에 기댔다.

조용히 곽후를 바라보던 독고천이 의미심장한 표정을 짓자 곽후가 고개를 갸웃거리며 조심스럽게 물었다.

"왜 그러십니까?"

"이제 실전 경험을 쌓아 보자."

"어떤 실전 경험 말씀이십니까?"

곽후가 무언가 불안한 듯 되묻자 독고천의 미소가 짙어졌다.

"비무행(比武行)."

*　　　*　　　*

강호무림맹은 시끄러웠다.

전쟁 선포 후 맹으로 돌아온 황보찬과 기용운 장로는 하루하루 근심으로 인한 흰머리가 나날이 늘어갔다.

강호무림맹주 사천반은 전쟁을 선포하고 돌아온 장로들을 못마땅한 눈으로 쳐다보고 있었다.

가뜩이나 정도련과 세력 다툼으로 어지러운 판에 다시 일어선 마교와 전쟁을 해야 한다니.

거기다 이야기를 들어 보니 구파일방은 뒤로 쏙 빠졌다고 했다.

물론 마교가 적이긴 하지만 다시 일어서기엔 오랜 세월이 필요할 것이었다.

지금 정도련이란 해일이 덮치려 하고 있는데 고작 폭우 따위를 신경 쓸 수는 없었다.

"어쩌자고 전쟁을 선포하고 오셨소?"

"하지만……."

황보찬 장로가 뭐라 변명하려 했지만 사천반은 손을 거칠게 내저었다.

황보찬 장로가 표정을 굳히며 고개를 푹 숙였다.

사천반이 혀를 차며 입을 열었다.

"현재 본 맹은 정도련과 세력 다툼으로 힘든 것을 빤히 아는 분께서 그리 신중치 못한 선택을 하셨소이까?"

"맹주님, 정도련 측에서도 전쟁을 선포하였……."

사천반이 엄한 눈빛을 쏘았다.

"어허, 정도련 측이 전쟁을 선포했으니 그 틈을 이용하여 세력을 펼치면 되는 것인데. 어쩌자고 같이 따라 한단 말이오?"

사천반의 말에 황보찬 장로가 말없이 한숨을 내쉬었다.

틀린 말은 아니었다.

그러나 그때 당시에는 분노가 머리끝까지 치솟아 생각할 겨를조차 없었다.

"하지만 소림과 무당이 당했습니다. 본 맹도 언제 당할지 모르는데······."

황보찬 장로를 노려보듯 쳐다보던 사천반이 단호하게 말했다.

"당장 전쟁을 취소하시오."

"매, 맹주님!"

"더 이상의 말은 필요 없소. 전쟁을 취소하고 정도련과 마교의 전쟁을 지켜보면서 세력을 어찌 늘릴 것인가 생각해오시오."

사천반의 날카로운 눈빛을 받은 황보찬 장로가 움찔하며 마지못해 고개를 끄덕였다.

"예, 알겠습니다."

정중히 고개를 숙이고 물러나는 황보찬 장로의 표정은 심히 어두워져 있었다.

*   *   *

제일무관(第一武館).

날렵하고도 웅후한 필체가 적혀 있는 현판을 올려다보던 곽후가 독고천을 바라보았다.

"여기는 어디인가요?"

"네가 무공을 배울 곳이다."

독고천의 담담한 말에 곽후는 의아함이 들었지만 고개를 끄덕였다.

사부님이 해가 달이라 해도 믿어야 했다.

그것이 평상시 들어오던 사제지간의 믿음이라는 것이었다.

제일무관을 지키고 있던 무사가 정중히 물어 왔다.

"어떻게 오셨습니까?"

"자식을 무관에 입관시키려 하오."

"들어가셔서 우측 편에 있는 전각에서 물어보시면 될 겁니다."

문지기가 정중히 문을 열고는 옆으로 비켜섰다.

독고천과 곽후가 전각 안으로 들어서자 시큼한 땀 내음이 물씬 풍겨 왔다.

우측 전각에 도착하자 서신에 무언가를 끄적이던 얌생이 같이 생긴 사내가 고개를 들며 물었다.

"어떻게 오셨소?"

"입관 때문에 왔소."

독고천의 말에 곽후를 힐끗 쳐다보던 사내가 고개를 끄덕이더니 서신 한 장을 건네주었다.

"작성하시오."

대충 이름과 나이, 출신 등을 적은 후 독고천이 서신을 건네주자 사내가 대충 살펴보더니 고개를 주억거리며 한쪽을 가리켰다.

"저쪽으로 가시면 시험하는 곳이 있을 것이오."

독고천과 곽후를 발견한 우락부락한 거한이 미소를 씨익 지어 왔는데 썩 좋은 인상은 아니었다.

"본 관에 오신 것을 환영하오. 그 꼬마가 입관할 것이오?"

독고천이 담담히 고개를 끄덕이자 거한이 곽후를 한 번 쓰윽 살펴보더니 웃으며 물었다.

"꼬마야, 이름이 무엇이냐?"

"곽후예요."

"그래, 곽후야. 무엇을 쓰느냐?"

거한의 난데없는 물음에 곽후가 고개를 갸웃거리자 거한은 곽후의 허리춤을 가리키며 씨익 웃었다.

"검을 쓰는구나."

"아, 예."

"검을 쓴다면야……."

말을 흐리며 무언가를 찾던 거한이 눈을 빛내며 구석에

있던 기왓장을 꺼내 왔다.

"내려쳐 보거라."

곽후가 진지한 표정을 지으며 목검을 뽑아 하늘을 향해 치켜들었다.

꿀꺽.

곽후가 침을 삼킨 후 목검으로 기왓장의 중심을 노리며 강하게 내려쳤다.

목검이 기왓장에 닿으려는 찰나, 독고천의 손가락이 살짝 까닥였다.

슈융—

작은 기운이 곽후의 목검을 감싸며 움직임을 더디게 했다.

빠각!

목검에 닿은 기왓장이 살짝 금이 가더니 파편이 튀었다.

거한이 만족한 듯 흐뭇한 미소를 지었다.

"나이치곤 꽤 하는군. 좋소. 이 곽후라는 꼬마를 합격시키겠소."

"알겠소. 그나저나 이곳에는 객관이 있소?"

"객관이라면?"

"이곳에서 머물며 자식의 수련을 보고 싶소."

독고천의 말을 들은 거한은 이해한다는 듯 고개를 주억거렸다.

자신도 얼마 전 자식을 낳았는데 얼마나 귀엽던지 절로 탄성이 나올 정도였다.

그런 자식을 생판 모르는 무관에 입관시키니 얼마나 걱정이 되겠는가.

자식을 가진 부모 마음은 다 똑같다 했다.

거한은 흔쾌히 한쪽을 가리키며 말했다.

"당연하오. 저곳에서 객관을 따로 신청하실 수 있을 것이오."

"고맙소."

"별말씀을."

거한이 흐뭇한 미소로 멀리 걸어가는 독고천과 곽후의 뒷모습을 바라보며 중얼거렸다.

"보기 좋은 부자군. 나도 일용이나 보러 가 볼까."

자신의 아들을 보러 가는 거한은 기분이 좋은지 엉덩이를 덩실거리며 걸어갔다.

*　　*　　*

제일무관에 입관하게 된 곽후에게 앞으로 지내게 될 숙소를 배정받았다.

"이곳이 네가 지낼 곳이란다."

"예."

곽후가 고개를 정중히 숙이자 안내했던 노인이 흡족한 미소를 지으며 밖으로 나갔다.

'어린 녀석이 예의도 바르군.'

곽후가 슬쩍 뒤로 돌자 예닐곱은 되어 보이는 아이들이 곽후를 신기한 듯 쳐다보고 있었다.

다른 것은 애늙은이처럼 잘해 내던 곽후의 얼굴이 갑자기 빨갛게 변하더니 말을 더듬기 시작했다.

"아, 저는 곽후라고 합니다……."

곽후가 머쓱한지 뒤통수를 긁자 소년들 중 대장으로 보이는 소년이 성큼성큼 다가왔다.

나이답지 않게 당당한 눈빛과 거대한 몸집을 지닌 소년이 악수를 청해 왔다.

"난 당대풍(唐岱豊)이다."

"아, 예."

곽후가 쑥스러운 듯 기어 들어가는 말투로 말했다.

또래들과 어울리는 것은 이번이 처음이었다.

항상 홀어머니를 모시고 살아왔던 곽후는 말 그대로 신세계에 도착한 듯 모든 것이 낯설고 새로웠다.

하지만 그리 나쁜 기분은 아니었다.

그 모습을 바라보던 당대풍이 피식 웃으며 곽후의 등을 후려쳤다.

"당당하게 등 좀 펴라!"

짝!

"컥."

곽후가 신음을 내뱉자 당대풍을 비롯한 소년들이 낄낄거
렸다.

"하하하, 잘 지내 보자."

시끌벅적한 분위기가 싫진 않았다.

"예!"

대답하는 곽후의 얼굴은 한층 상기되어 아까처럼 위축된
모습보다 훨씬 보기 좋았다.

소년들은 새로 온 신참, 곽후에게 궁금한 것이 많은지 이
것저것 물어보았다.

"어떻게 온 거야?"

"아, 사실 사부, 아니, 아버지를 따라서 왔어."

곽후의 말에 소년들이 새삼스럽다는 듯 곽후를 쳐다보았
다.

제일무관에 숙소를 배정받은 대부분의 아이들에게 아버지
란 존재는 없었다.

아무래도 시골구석에 박혀 있는 무관이었고 유명한 무인
이 없다 보니 뛰어난 집안 출신의 자식은 없던 것이다.

그러다 보니 대부분 어머니 혼자서 아이들을 길렀고 아이
들의 출세를 바랐기에 무관에 입관시킨 것이었다.

"아버지는 뭐하시는데?"

곽후가 입을 문뜩 다물었다.

그랬다.

곽후 자신도 독고천이 무엇을 하는 사람인지 몰랐다.

뛰어난 무공을 지닌 검객이라는 것은 알았지만 당최 정체를 몰랐다.

가끔씩 던져 주는 엄청난 이름의 비급들을 보면 분명 명문 출신임에는 분명했다.

무공에 대해 자주 들어 보지도 못한 곽후가 들어 볼 만큼 유명한 무공서들을 독고천은 가지고 있었기 때문이다.

"그냥 검객이셔."

단순한 검객이라는 말에 소년들이 살짝 실망했는지 붕 떠올랐던 기운이 가라앉았다.

아무래도 소년들에게는 아버지에 대한 환상이 있었다.

그렇기에 아버지를 가지고 있는 곽후에게 은근 기대를 하고 있었다.

그러나 소년들은 급히 화색하며 물었다.

"뛰어난 검객이셔?"

"응!"

곽후가 당당히 외치듯 말하자 소년들이 눈이 다시 빛나기 시작했다.

시골인 귀주에서 고수를 보기란 하늘에 별 따기와도 같았다.

그만큼 고수 보기가 힘든 귀주에 드디어 뛰어난 검객이 나타난 것이다.

소년들의 입에서 절로 탄성이 나왔다.

"우와! 얼마나 강한데? 막 명호도 있어?"

"명호?"

곽후의 되물음에 소년들이 별처럼 빛내는 눈을 동그랗게 뜨며 고개를 연신 끄덕였다.

곽후가 안타까운 표정으로 고개를 설레설레 내저었다.

"명호가 있으신지 모르겠는데……."

"아……."

소년들의 분위기가 급하게 식어 갔다.

그러나 소년들은 새로 들어온 곽후를 새삼스럽게 다시 반기며 활짝 웃어 왔다.

"하여튼 입관 축하해!"

활발한 소년들에게 둘러싸인 채 축하를 받던 곽후가 이를 내보이며 활짝 웃었다.

그것은 곽후가 태어나서 생전 처음 짓는 커다랗고 맑은 미소였다.

*   *   *

하루가 지나고 독고천은 객관에서 나와 제일무관을 돌아

다녔다.

제일무관은 귀주 구석에 위치해 있어서 많은 이들에게 알려지지 않았지만 무공에 대한 깨달음이 깊은 사부들이 많다고 들었다.

또한 무관 내 사람들이 마음씨가 착하고 욕심이 없어서 이름을 날리지 못할 뿐, 모두 하나같이 괜찮은 실력을 지니고 있다고 했다.

그리고 직접 무관을 돌아본 독고천의 소감은 단순했다.

'다들 어느 정도는 하는군.'

그랬다.

비록 명성 높은 무관들과 비교했을 때 대체적으로 떨어지는 편이긴 했지만 시골에 있는 무관치곤 꽤나 뛰어난 것이었다.

독고천이 무관을 돌아다니다 연무장을 발견하고는 근처 바위에 걸터앉았다.

연무장은 공개하는 곳이라 독고천 외에도 다른 이들이 그들의 수련을 쳐다보고 있었지만 뭐라 하는 사람은 없었다.

"핫!"

연무장에는 상의를 벗은 사내들이 근육을 꿈틀거리며 주먹을 내지르고 있었다.

"한 번 더!"

교관으로 보이는 자가 큰소리로 외치자 사내들의 주먹이 허공을 다시 갈랐다.

팟!

그 모습을 바라보던 독고천은 의아함을 느꼈다.

그리고 그들의 움직임을 보면 볼수록 의아함은 확신으로 바뀌었다.

'어떤 놈이 고의로 초식을 엉키게 해 놓았군.'

사내들의 움직임은 호쾌하고 강렬했지만 아마 실력이 늘면 늘수록 움직임이 엉망이 되고 진기가 얽힐 것이 뻔했다.

누가 의도적으로 초식의 일부분을 엉켜 놓은 것이었다.

그러나 아무도 눈치채지 못한 듯 보였다.

심지어 꽤나 뛰어난 실력을 보이는 교관도 아무렇지 않다는 듯 틀린 초식을 구사하고 있었다.

분명 음모였다.

이런 촌구석의 작은 무관조차 음모가 있다는 사실에 독고천은 혀를 찼다.

그런데 갑자기 어떤 사내가 성큼성큼 다가오더니 독고천 옆에 앉았다.

독고천이 슬쩍 옆을 보니 굵은 수염을 기른 거한이 바위에 걸터앉은 채 연무장을 바라보고 있었다.

거한이 천천히 독고천에게 시선을 돌리며 걸걸한 목소리

로 물어 왔다.

"왜 혀를 차셨소?"

"내가 말이오?"

"그렇소. 혀를 차는 소리가 저기까지 들리오."

거한이 무관 끝을 가리키며 진중하게 말해 오자 독고천이 피식 웃었다.

"만약 불쾌하게 생각되었다면 미안하오."

"역시. 저들의 움직임을 보고 혀를 찼던 것이 맞소이까?"

독고천이 묵묵히 고개를 끄덕이자 거한은 그럴 줄 알았다는 표정을 지으며 같이 한숨을 내쉬었다.

"나도 알고 있소. 초식이 틀렸다는 것을. 그러나 그 초식을 바로잡을 방법이 없었소. 무관에 내려오는 대부분의 무공을 깨달은 내 동생조차 찾아내지 못했소."

"자세히 설명해 주겠소?"

"뭐, 비밀은 아니니까. 초식이 잘못된 것을 안 것은 예전부터였소. 전(前) 관주께서 옆 무관의 관주에게 처참히 패배당할 때부터 깨닫게 되었지. 고수가 되면 될수록 비틀린 초식이 발목을 잡소. 그 초식이야말로 본 관 권법의 가장 기초적이면서 중요하다고 할 수 있는 초식이니 말이오. 하지만 고치려 하다 보면 진기가 얽히거나 보법이 꼬이거나 등등의 문제점이 생기오. 그래서 우리도 그냥 비틀린 초식을 배우는 판이오."

조용히 거한의 이야기를 듣던 독고천이 담담히 입을 열었다.

"초식을 비틀게 한 범인을 찾았소."

"그게 누구요?"

거한이 놀라며 소리 지르듯 물어 왔지만 독고천은 표정조차 변하지 않았다.

"그 귀 관의 모든 무공을 안다는 귀하의 동생이오."

독고천의 말에 거한이 어처구니없다는 듯 독고천을 바라보며 물었다.

"내가 누군지 아시오?"

"모르오."

"내가 제일무관의 관주 이평정(李平正)이오."

이평정은 독고천이 놀라지 않자 눈을 번뜩였다.

귀룡권사(鬼龍拳士) 이평정이라면 강호 전역까지는 아니더라도 귀주에선 상당히 유명한 이름이었다.

그러나 독고천이 놀란 표정조차 짓지 않자 타지에서 왔다는 것을 깨닫고는 고개를 끄덕였다.

하지만 이평정은 몰랐다.

강호 전역에 명성을 울리는 어떤 고수의 이름을 댄다 할지라도 독고천은 놀라지 않았을 것이라는 것을 말이다.

"그래서 어쩌란 소리요?"

독고천의 말에 이평정이 재차 입을 열었다.

"난 관주이고 내 동생은 부관주요. 관주와 부관주가 무엇을 하겠소? 본 관의 명예를 높이고자 불철주야 무공에 힘을 쏟고 있소. 그런데 동생이 그런 짓을 한다니?"

"열 길 물길 속은 알아도 한 길 사람 속은 모르오."

독고천의 말이 날카로운 검이 되어 이평정의 가슴을 찔러왔다.

설마 하는 표정이 이평정의 얼굴에 드러났다.

그 모습에 독고천이 담담히 중얼거리듯 입을 열었다.

"강호란 음모로 뒤덮인 곳이지. 설사 귀하의 동생이고 귀관의 부관주라 할지라도 그러지 말라는 법은 없소이다."

그 말을 끝으로 독고천이 벌떡 일어나 걸어가려 하자 이평정이 급히 막아섰다.

"이, 이보시오."

독고천이 뭐냐는 듯 쳐다보자 이평정이 주위를 조심스럽게 두리번거리다 음성을 한층 낮추었다.

"잠시 나와 얘기할 시간이 있겠소?"

"뭐, 잠깐 정도면야."

*   *   *

독고천의 담담한 말을 서적에 적어 내려가던 이평정의 손은 부들부들 떨리고 있었다.

지난 십 년간 풀리지 않았던 초식의 비틀림이 일각이란 시간도 되지 않아 풀렸다.

생전 처음 보는 사내에 의해서.

"도, 도대체 귀하는 누구시오?"

"귀 관에 자식을 입관시킨 사람이오."

독고천의 나직한 대답에 이평정은 새삼스런 눈빛으로 독고천을 바라보았다.

거짓은 아니었다.

"도대체 왜 귀하께서 자식을 우리 무관에 입관시킨 것이오?"

한 무관의 관주로의 말로서는 아주 엉망이었다.

자신의 무관에 왜 입관시키냐니.

그보다 우스운 말이 어디 있을까.

독고천은 조용히 이평정을 바라보다 굳게 닫혀 있던 입을 열었다.

"자만은 쉽게 없앨 수 없소."

그 말에 들은 이평정은 저도 모르게 고개를 끄덕일 수밖에 없었다.

맞았다.

만약 자신의 아버지가 강한 무인이라면 절로 자만심이 생길 것이고, 그 자만심이 자신을 망칠 것이었다.

눈앞의 사내는 그것을 알고 있었다.

"그럼 언제까지 이곳에 머무를 것이오?"

"자만이 생길 때까지."

그 또한 맞는 말이었다.

분명 눈앞의 사내가 키운 자식은 뛰어난 자질을 지니고 있을 것이 빤했다.

그런 소년이 시골구석의 무관에서 지내다 보면 자신의 뛰어남을 절로 알게 되고 자만심을 가지게 될 것이었다.

새삼 의자에 걸터앉듯 앉아 있는 서생 차림의 사내가 거대한 산처럼 보였다.

"실례지만 귀하는 도대체 누구시오?"

독고천은 아무 말 없이 입을 다물었다.

이평정은 아쉬웠지만 이해한다는 듯 고개를 주억거렸다.

"귀하 덕분에 본 관의 미래가 매우 밝아졌소. 보답을 하고 싶은데 내가 해 줄 수 있는 것이 있겠소? 아, 물론 입관료 등 수업료는 무료로 해 드리겠소. 그런 건 기본 아니겠소?"

이평정이 찡긋 한쪽 눈을 감으며 활짝 웃었지만 독고천은 덤덤했다.

"우선 귀하의 동생에게 이유나 물어보시오."

활짝 웃던 이평정의 표정이 한순간 일그러졌다.

왜 자신의 동생이 본 관의 무공을 망치겠느냐 말이다.

갑자기 몸을 일으킨 이평정이 당당히 입을 열었다.

"내 지금 동생 놈에게 물어보고 오겠소. 분명 동생은 아니오."

그 말을 끝으로 당당하게 문을 박차고 나갔던 이평정은 한 시진 후 일그러질 대로 일그러진 얼굴로 돌아왔다.

의자에 앉은 이평정의 얼굴은 침울해 보였다.

"귀주에는 유명한 두 개의 무관이 있소. 본 관과 천창무관이오. 그런데 천창무관에서 동생 놈에게 권유했다고 하더이다. 직접 고수를 초빙하여 무공을 비틀 방법을 찾은 후 동생 놈에게 알려 주어 동생이 그 비틀린 초식을 계속 가르쳤다고 하오. 다짜고짜 물으니 그렇게 고백하더구려……. 나는 아무래도 자질이 떨어져 아버지에게 직접 무공을 사사한 것은 동생 놈이었소. 그런데 동생 놈이 그렇게 약해 빠졌을 줄이야……."

"대가는?"

"금 십 관을 받기로 했다고 하오."

금 십 관이란 결코 적은 금액이 아니었다.

시골구석의 무관 두세 개 정도는 사들일 수 있는 금액이었으니까.

독고천이 그제야 담담한 표정을 풀고 피식 웃었다.

"그래도 이제야 알았으니 다행이지 않겠소?"

"뭐가 다행이란 말이오?"

남의 일이라 쉽사리 웃을 수 있다고 생각한 이평정이 퉁

명스럽게 되묻자 독고천은 미소를 지으며 표정과는 달리 서릿발을 날리듯 살벌하게 말해 왔다.

"복수를 할 수 있으니까."

第五章

용혈권법(龍血拳法)

일주일이 흐른 후 천창무관에서 사람이 왔다.

약 네 명 정도의 검을 찬 검객들이었는데 하나같이 인상
이 날카로웠다.

"관주는 나오시오!"

제일무관의 한복판에서 관주를 찾으니 모든 이들의 시선
이 꽂힐 수밖에 없었다.

"귀하는 누구인데 감히 관주님을 찾으시오!"

무관의 제자들이 모두 화를 삭이는 표정으로 검객들을 둘
러쌌다.

대략 오십여 명이 넘는 사람들에게 둘러싸였지만 검객들
의 표정은 오만함, 그 자체였다.

"이런 떨거지들 말고 관주 나오라고 했소!"

제자들이 화를 이겨 내지 못하고 결국 검객들에게 달려들었다.

"하압!"

눈 깜짝할 새였다.

검객들의 검이 허공을 몇 번 가르자 제자들이 모두 신음을 터트리며 널브러졌다.

"으으."

대충 휘두르는 것 같았지만 생명을 취하지 않는 급소만을 정확하게 맞췄기에 검객들의 뛰어난 무위를 알 수 있었다.

순식간에 제자들이 널브러지자 무관 내 제자들은 급히 관주를 찾았다.

관주 이평정이 저 멀리서 성큼성큼 다가오더니 쓰러져 있는 제자들을 힐끗 보고는 의외로 담담히 말해 왔다.

"천창무관에서 온 분들이군."

예상치 못한 이평정의 태도에 검객들이 살짝 당황했지만 곧바로 침착함을 되찾았다.

"본 관의 무공을 함부로 훔쳤다고 들었소."

어처구니없는 말이었지만 이평정의 표정은 꿈적도 하지 않았다.

"그건 어디서 들으셨소?"

난데없는 질문에 천창무관 검객들이 당황한 기색이 역력

했다.

그러자 검객들의 우두머리인 지열진(志列眞)이 곧바로 당차게 나섰다.

"그건 당신네가 알 바가 아니오. 우리는 귀 관 무공 중 용혈권법(龍血拳法)이 본 관 무공의 초식을 훔쳤다는 사실을 들었고 그것을 확인하고자 왔소이다."

"어찌 확인할 것이오?"

"귀 관의 제자가 펼치는 무공을 보면 알 수 있소."

"그럼 내가 제자를 정해도 되겠소?"

이평정이 한 치의 당황조차 하지 않고 시원스럽게 답하자 천창무관 검객들은 알지 못할 찜찜함을 느꼈다.

하지만 지열진은 고개를 흔쾌히 끄덕였다.

"좋소."

"본 관의 가장 막내를 추천하겠소. 아무래도 무공이란 것이 익히다 보면 자신의 입맛대로 바뀌는 것이 있지 않겠소? 하지만 본 관의 막내는 일주일 전에 들어온 신입이라 마침 용혈권법의 초식을 모두 익혔으니 말이오."

이렇게 이유까지 들먹이는 데야 감히 반대할 수 없었다.

반대를 하게 되면 더욱 의심을 살 수 있으니 말이다.

"막내를 데려오시오!"

지열진이 급히 말했지만 이평정은 담담한 표정을 지으며 지열진을 바라보았다.

"만약 아니라는 것이 밝혀지면 당신네들은 각오해야 할 것이오."

"흥."

지열진이 애써 코웃음을 치며 당당한 듯 웃었지만 불안감이 엄습하고 있음을 부인하지 못했다.

'어라, 이게 아닌데? 이평운 놈이 잘해 놓았겠지?'

십 년 동안 계획해 온 일이다.

일주일 전 이평운이 와서 보고했을 때만 해도 제일무관 내 제자들은 모두 초식을 잘못 익히고 있었다.

단 일주일 만에 무언가 바뀔 리가 없었다.

이 사건을 종결 맺고 나면 천창무관은 귀주제일의 무관으로서 서서히 강호 전역에 이름을 떨칠 것이었다.

이평정이 데리고 온 것은 예닐곱 정도 되어 보이는 꼬마였다.

천창무관의 검객들은 긴장이 풀려 저도 모르게 피식 웃고 말았다.

저 꼬마가 제일무관의 흥망을 짊어지고 있는 운명이라니.

결국 그 운명은 처참히 무너질 것이 빤했다.

그리고 그 운명을 선택한 이평정은 평생 동안 두고두고 후회할 것이었다.

지열진도 긴장이 풀렸는지 한층 편안한 표정으로 꼬마를 바라보았다.

"꼬마야, 이름이 무엇이냐?"

"곽후입니다."

곽후가 정중히 말하자 지열진의 눈동자에 불안한 듯 살짝 흔들렸다.

분위기가 미묘했다.

그냥 무시하기엔 눈앞의 꼬마가 풍기는 기운이 범상치 않았다.

"흠."

지열진이 팔짱을 끼며 노려보았지만 곽후는 눈도 깜짝이지 않았다.

옆에 서 있던 이평정이 살갑게 웃으며 곽후의 등을 슬쩍 밀었다.

"본 관의 무공을 보여 주거라."

"예."

곽후가 성큼성큼 나오더니 기수식을 취했다.

용혈권법은 말 그대로 상상의 용을 본떠서 만든 무공이었다.

곽후의 몸은 한층 앞으로 기울어져 있었고 양쪽 손은 용의 그것처럼 구부러져 있었다.

그 모습에 지열진의 등에서 식은땀이 흘러내리기 시작했다.

'이상하다. 뭔가 잘못되었어.'

분명 꼬맹이에 불과했고 자그마치 십 년 동안 계획한 것이 실패하리라고는 생각되지 않았다.

그러나 싸늘한 불안감이 연신 지열진의 몸을 두들기고 있었다.

기수식을 취했던 곽후의 몸이 앞으로 기우뚱거리더니 튕겨져 나갔다.

파앗!

곽후의 신형이 흐릿해지더니 어느 순간 허공을 박차고 뛰어 올랐다.

크릉!

모든 이들에게 용의 꿈틀거림이 환상처럼 펼쳐지기 시작했다.

꿀꺽!

이평정마저 침을 삼키며 용혈권법을 펼치는 곽후를 뚫어져라 쳐다보고 있었다.

허공에 뛰어올랐던 곽후가 어느새 땅에 착지함과 동시에 옆으로 몸을 비틀며 뛰어올랐다.

바로 이곳이었다.

이곳부터가 천창무관의 무공 진수를 집어넣어서 베꼈다는 오해를 만들기 위한 초식이 들어 있었다.

그런데 이게 웬일.

분명 오른쪽으로 가야 할 초식이 왼쪽으로 가더니 순식간에 다섯 초식이 훅훅 지나가는 것이 아닌가.

지열진의 얼굴이 일그러지기 시작했다.

이건 자신이 겪은 용혈권법도, 천창무관의 기호권법(技號拳法)도 아니었다.

군이 따지자면 진화된 용혈권법이었다.

어느새 초식을 다 마친 곽후가 한 바가지나 되는 땀을 닦으며 이평정에게 다가왔다.

"끝냈습니다."

멍하니 곽후를 바라보던 이평정이 자신의 실수를 깨닫고는 급히 표정을 굳혔다.

그리고 멍하니 서 있는 지열진을 바라보며 날카롭게 물었다.

"이래도 용혈권법이 귀 관의 무공을 베꼈다고 주장할 셈이오?"

설마 하는 생각에 안절부절 못하며 지켜보던 무관의 제자들도 환호성을 내질렀다.

"용혈권법에 이런 위력이 담겨 있었다니!"

"막내가 제법인걸!"

여기저기서 터져 나오는 환호성에 천창무관의 검객들의 표정이 일그러질 대로 일그러졌다.

지열진의 표정은 악귀와도 같이 찌그러져 있었다.

"미안하게 되었소. 가 보겠소."

지열진을 비롯한 천창무관의 검객들이 꼬리를 내린 채 도망치는 개마냥 사라지자 이평정을 비롯한 제일무관의 제자들이 비웃으며 손가락질했다.

"하하하하. 꼴좋다! 이놈들!"

"다시는 오지 마라!"

이평정은 감격한 표정으로 옆에서 모든 것을 지켜보던 독고천에게 다가갔다.

"이 감사함을 어찌 갚아야 할지."

독고천은 그저 덤덤히 곽후를 바라보며 고개를 주억거리고 있었다.

그 모습에 곽후의 표정이 한층 밝아졌다.

곽후와 독고천을 번갈아 보던 이평정이 독고천에게 조심스럽게 물었다.

"그럼 언제까지 머물 것이오?"

독고천이 슬쩍 곽후를 바라보았다.

곽후는 무관의 제자들에게 둘러싸인 채 칭찬을 받으며 헤벌쭉 웃고 있었다.

너무나도 밝은 미소라 보는 이가 절로 신날 정도였다.

그러나 독고천은 표정조차 변하지 않은 채 이평정을 바라보며 입을 열었다.

"오늘 당장 떠날 것이오."

이평정의 표정이 급격히 어두워졌다.

"어째서 오늘 가시는 것이오?"

"내 귀하에게 자만이 생기면 떠난다고 하지 않았소?"

"그랬소."

이평정이 고개를 무심코 끄덕이다 무언가 깨달았는지 곽후를 돌아보았다.

곽후는 상기된 표정으로 뭐라 뭐라 큰소리로 말하며 제자들에게 떠들고 있었다.

비록 짧은 시간이었지만 항상 진중한 모습을 보여 주던 전과는 많이 달라져 있었다.

결국 이평정이 긴 한숨을 내쉬었다.

"하여튼 고마웠소. 그래도 이름이나 그런 것 좀 알려 주시오. 다음에라도 꼭 은혜를 갚겠소."

이평정의 끈질긴 부탁에 독고천이 슬쩍 중얼거리듯 입을 달싹였다.

"굳이 은혜를 갚고 싶다면 나중에 십만대산을 찾아오시오."

그 말을 끝으로 독고천은 떠들고 있던 곽후를 데리고 제일무관 밖으로 걸어 나갔다.

그들이 사라지는 뒷모습을 바라보던 이평정은 고개를 갸웃거렸다.

"십만대산? 거기가 어디더라?"

문뜩 십만대산이 뜻하는 바를 깨달은 이평정의 얼굴이 순식간에 창백해졌다.

'마, 마교……!'

이평정은 알지 못할 미묘한 표정을 지은 채 멍하니 무관의 대문을 바라볼 뿐이었다.

*　　　*　　　*

"사부님!"

곽후가 상기된 표정으로 독고천을 올려다보며 외치듯 말했다.

독고천이 말하라는 듯 고개를 까닥이자 곽후가 신난 듯 입을 열었다.

"아까 보셨습니까? 네 번째 초식에서 하마터면 실수할 뻔했지만 사부님의 조언 덕분에 쉽게 이을 수 있었습니다. 원래 용혈권법의 진수는 부드러움 속의 강함인데. 그 초식이야말로 가장 용혈권법의 정수였던 것 같습니다. 참, 그리고……."

연신 떠들던 곽후의 입이 싹 닫혔다.

독고천이 덤덤한 표정으로 곽후를 보고 있던 탓이었다.

"제, 제가 뭐 잘못이라도?"

곽후가 조심스럽게 되묻자 독고천이 고개를 끄덕였다.

"자만을 가졌구나."

자만이라는 말에 곽후가 고개를 설레설레 내저으며 단호히 말했다.

"자만은 아닌 것 같습니다. 단지……."

"그게 자만이다."

독고천의 단호한 말에 곽후의 상기되던 표정이 풀이 죽었다.

독고천이 말을 이어 나갔다.

"자만이란 자신이 모르는 법이다. 항상 자만을 경계하고 멀리해야만 고수의 길이 열리는 것이다."

"예, 사부님."

곽후가 마지못한 듯 고개를 끄덕이자 독고천의 눈이 살짝 빛났다.

자신의 과거가 생각이 났다.

자신도 자만에 얽혀서 많은 실수를 하지 않았던가.

스승이란 무엇인가.

자신의 제자가 자신과 같은 길을 걷지 않도록 인도해 주는 것이 스승이란 존재가 아니던가.

곽후의 눈동자에서 읽히는 감정을 보아선 분명 자신의 말을 인정하지 않는 것이 분명했다.

길을 걸어가던 독고천이 주위를 두리번거리다 산 입구를 발견하고는 성큼성큼 걸어가기 시작했다.

곽후는 독고천이 갑작스럽게 걸어가자 당황했지만 곧바로 뒤를 쫓았다.

산속 깊이 들어가던 독고천은 커다란 폭포가 나오고서야 걸음을 멈췄다.

뒤에서 쫓아오던 곽후가 헐떡이며 숨을 고르고 있었다.

"사, 사부님."

독고천이 갑자기 권법가 흉내를 내며 기수식을 취했는데 용혈권법과 매우 흡사했다.

"와라."

"하, 하지만……."

독고천이 매서운 눈빛을 빛내자 곽후는 마지못해 목검을 뽑아 들었다.

곽후가 조심스럽게 보법을 밟으며 독고천에게 다가갔다.

기수식을 취하고 있던 독고천의 신형이 가볍게 땅을 박찼다.

팟!

곽후 앞으로 달려오던 독고천이 기묘한 움직임을 보이며 몸을 오른쪽으로 비틀고는 곽후의 품 안으로 파고들었다.

곽후가 당황하며 뒤로 물러서려 했지만 이미 코가 닿을 정도로 가까워져 있었다.

그와 동시에 독고천이 이마로 곽후의 머리통을 내리찍었다.

딱!

곽후가 눈물을 찔끔 빼며 뒤로 널브러졌다.

"윽!"

엉덩방아를 찧은 곽후가 아픈지 연신 이마를 만지작거리며 인상을 찌푸리고 있었다.

그 모습을 내려 보던 독고천이 덤덤하게 입을 열었다.

"어떠하냐?"

"빠, 빨랐습니다."

"단순히 빨랐더냐? 익숙하지 않더냐?"

"예. 용혈권법과 비슷했습니다."

곽후가 고개를 끄덕이자 독고천이 바위에 걸터앉더니 진중한 목소리로 입을 열었다.

"그렇다. 방금 그것은 내가 너에게 가르쳐 준 용혈권법의 진화된 모습이다. 너에게 총 열아홉 가지가 숨어 있는 정수를 가르쳐 주었는데 너는 세 가지를 펼치고 뿌듯해하였다."

열아홉 가지라는 말에 곽후의 입이 쩍 벌어졌다.

"그것은 태산의 일부만을 보고 산을 파악하려 한 것이고, 일권(一拳)으로 권법가의 모든 권법을 파악하려 한 것이며, 일검(一劍)으로 검객의 검을 읽었다고 파악한 것이다."

독고천의 질책에 곽후의 얼굴이 시뻘겋게 변하며 고개를 푹 숙였다.

창피했다.

굼벵이 앞에서 주름을 잡은 양 너무나도 창피했고 쥐구멍이 있으면 숨고 싶었다.

"⋯⋯죄송합니다."

곽후가 기어 들어가는 듯한 목소리로 말하자 독고천은 아무 말 없이 곽후를 바라보았다.

곽후의 나이는 예닐곱.

실질적인 성취를 따졌을 때 자신보다 훨씬 뛰어난 편이었다.

우진후를 가르칠 때도 이 정도는 아니었는데 곽후는 상식을 뛰어넘는 발전을 보여 주고 있었다.

우연찮은 만남 후 마음에 아른거려 제자로 삼았는데 천고의 기재다.

아무래도 보이지 않는 끈이 독고천을 이끄는 듯 보였다.

보통 성격이라면 그냥 버려 두었을 테지만 이 아이만큼은 그러고 싶지 않았다.

처음에는 변덕이라고 생각했지만 시간이 지날수록 아이에게 관심이 가고 하나라도 더 알려 주고 싶었다.

하지만 자제했다.

자만으로 인해 망가지는 꼴을 보고 싶지 않았기에.

그리고 눈앞에서 얼굴을 붉힌 채 고개를 푹 숙이고 반성을 하고 있는 모습을 보아 자만에 많이 물든 것 같진 않았다.

자신의 차갑고도 단단했던 마음이 조금씩 곽후라는 아이에게 젖어 가는 것 같았다.

마치 예전 백화련을 만났을 때의 추억이 되살아나는 듯 그리 나쁘지 않았다.

"일어나거라."

"예."

곽후가 벌떡 몸을 일으키자 독고천이 어느새 곽후에게 다가오더니 머리를 쓰다듬었다.

풀이 죽은 곽후의 얼굴이 순식간에 환해졌다.

곽후의 머리를 한껏 헝클어 놓은 독고천은 아무 말 없이 하산하고 있었다.

홀로 남겨진 채 자신의 헝클어진 머리를 묘한 표정으로 만져 보던 곽후는 멀어져 가는 독고천의 뒤를 급히 쫓았다.

"사부님, 같이 가요!"

*　　*　　*

곽후는 자신의 주먹만 한 만두를 입안에 꾸역꾸역 넣고 있었다.

우물우물.

만두를 다 씹자 곧바로 닭 국물로 목을 축이면서 왼손으로는 닭다리를 입안에 집어넣었다.

우걱우걱.

순간, 독고천과 곽후의 시선이 허공에서 얽혔다.

음식을 걸신들린 마냥 먹던 곽후가 멋쩍은 듯 뒤통수를 긁었다.

"헤헤."

곽후가 부끄럽게 웃자 독고천은 신경 쓰지 않는다며 손을 내저었다.

그러고는 자신도 만두를 젓가락으로 집어서 천천히 먹기 시작했다.

객잔 안은 시끌벅적했는데 대부분이 강호인인 듯 허리춤

이나 등에 병장기를 차고 있었다.

보통 객잔 내에 강호인끼리 있으면 서로 눈치 보기 마련
이었다.

언제 목숨이 날아갈지 모르는 강호에서의 삶이란 그런 것
이었다.

그렇기에 그들은 서로의 눈치를 보며 시끌벅적한 가운데
서도 어느 정도의 선은 지키고 있었다.

그런데 갑자기 객잔 문이 거칠게 열렸다.

쾅!

험악한 인상의 사내들이 객잔 주위를 살피더니 어슬렁거
리며 객잔 내로 들어왔다.

"흠."

주위를 두리번거리던 사내들이 곽후를 발견하고는 먹이를
발견한 맹호마냥 눈을 빛냈다.

그러고는 사내들이 성큼성큼 독고천과 곽후가 앉아 있는
탁자로 다가오는 것이 아닌가.

사내들이 독고천의 탁자 지척에 다다를 무렵.

창가 쪽에서 혼자 소면을 먹고 있던 홍의여인의 신형이
솟구쳤다.

파앗!

홍의여인이 다가오던 사내들의 혈도를 순식간에 제압했다.

"킥!"

사내들은 영문도 모른 채 앞뒤로 널브러지며 굉음을 일으켰다.

쿵!

홍의여인은 흡족한 미소를 머금으며 독고천의 건너편에 마주 앉았다.

만두를 우물거리던 독고천이 덤덤한 표정으로 홍의여인을 바라보자 홍의여인이 곽후의 머리를 쓰다듬으며 빙긋 웃었다.

"안녕하세요?"

독고천은 아무 말 없이 만두만 우물거리며 홍의여인을 바라볼 뿐이었다.

홍의여인이 눈썹을 꿈틀거리더니 이마에 인상을 찌푸렸지만 애써 화를 삭이며 입을 열었다.

"이 사내들은 악진삼웅(惡振三雄)이라는 악명 높은 인신매매단이에요. 이 꼬마를 보고 다가왔던 것이죠. 저는 현상범들을 잡는 현상범사냥꾼이고요. 칼 차고 있는 것을 보아하니 시골에서 막 내려온 무사 같아서 세상 물정에 어두울 것 같긴 하지만, 이럴 때 어떻게 해야 하는지 알죠?"

"모르겠소만."

독고천의 덤덤한 말투에 홍의여인이 이를 갈며 벌떡 일어서더니 따지듯 외쳐 왔다.

"아니, 기껏 자식인지 뭔지 구해 줬더니 은혜를 모르고 이렇게 오만방자하게 나올 건가요?"

"누가 구해 달라고 했소?"

평범한 이라면 찔끔했겠지만 홍의여인의 목소리는 한층 커져만 갔다.

"아니, 그럼 강호인들은 다 죽어야지. 의와 협을 위해 살아간다는 게 강호인들인데! 나도 강호인이라 의와 협을 지키기 위해서 당신의 아들인지 뭔지를 구해 준 건데. 이런 배은망덕한 경우가 있나요? 안 그래요, 여러분?"

객잔 내 동의까지 구하려는 듯 홍의여인이 주위를 두리번거리며 외치듯 묻자 몇몇 사람들이 고개를 주억거리며 작게 중얼거렸다.

"그건 그렇지."

"그게 강호인이긴 하지."

홍의여인의 귀가 쫑긋거리더니 헤벌쭉 미소를 지은 후 곧바로 차가운 미소와 함께 독고천을 노려보았다.

"흥, 들었죠? 그러니 은혜를 갚아야 한다구요."

의기양양한 표정을 지은 채 허리춤에 손을 올려놓은 홍의여인의 모습은 매우 당당했다.

독고천은 슬쩍 곽후를 흘겨보고는 무슨 생각이 들었는지 문득 고개를 끄덕였다.

"알았소. 같이 동행하도록 하지."

"동행이요?"

"노잣돈이 없어서 일행을 구하던 것이 아닌가?"

"마, 맞는데……."

더 이상 말은 필요하지 않다는 듯 독고천은 만두에 시선을 돌리고는 만두를 먹었다.

홍의여인의 표정이 살짝 가라앉더니 곽후 옆으로 슬쩍 자리를 옮겼다.

"얘, 이름이 뭐니?"

곽후는 홍의여인에게 시선조차 주지 않은 채 음식을 먹느라 바빴다.

마치 걸신이라도 들린 양 음식을 먹는 곽후를 보던 홍의여인은 내심 혀를 찼다.

'얼마나 굶겼으면 애가 이렇게 허겁지겁 먹는 거지?'

홍의여인은 슬쩍 물이 담긴 그릇을 옆에 가져다주며 자상하게 말했다.

"체하겠다. 천천히 먹으렴."

"예."

그게 끝이었다.

곽후와 독고천은 아무런 대화조차 없이 식사에 집중할 뿐이었고 홍의여인은 멍하니 앉은 채 자신의 처지를 한탄하고 있었다.

'으, 돈만 있었어도…….'

식사를 마친 곽후와 독고천이 벌떡 일어서자 홍의여인이

빙긋 웃으며 살갑게 다가왔다.

"그러고 보니 제 이름도 통성명하지 않았네요. 마연지(摩蓮智)예요."

마연지가 자신의 이름을 밝혔지만 독고천과 곽후는 무표정한 얼굴로 마연지를 바라볼 뿐이었다.

"저기요? 이름이?"

"곽후예요."

"이름이 참 예쁘네. 그쪽은요?"

마연지가 살갑게 웃으며 물었지만 독고천의 입은 열리지 않았다.

마연지는 겉으론 웃었지만 속으로는 이를 갈았다.

'으, 두고 보자.'

독고천과 곽후가 객잔 밖으로 나오자 마연지가 조심스럽게 물어 왔다.

"그런데 어디로 가시는 건가요?"

"점창."

점창이란 말에 마연지의 안색이 살짝 바뀌었다.

그러나 애써 태연한 미소를 지으며 곽후의 머리를 쓰다듬었다.

"아하, 아들을 점창에 입문시키려나 봐요?"

다정하게 굴었지만 곽후가 꼼짝도 하지 않자 마연지는 내심 머쓱했는지 뒤통수를 긁었다.

"얘, 아버지가 잘해 주시니?"

"사부님이에요."

곽후의 말에 홍의여인이 새삼스런 눈으로 독고천을 바라보았다.

얼핏 보아선 이십대 중후반 정도로밖에 보이지 않았는데 벌써 제자를 들이다니.

무공이 고강하거나 아니면 문파에 사람이 없어서 그랬을 것이다.

마연지는 새삼스런 눈으로 독고천을 위아래로 살폈다.

평범한 흑의에 깔끔하지만 투박해 보이는 검병.

날카로운 인상이지만 뭐라 말로 표현이 안 되는 눈동자를 지닌 사내.

마연지는 스스로 고수라 자부하는 몸.

하지만 마연지는 독고천의 내력을 읽을 수조차 없었다.

그것 또한 두 개로 나뉠 수 있었다.

반박귀진의 경지에 든 절정고수이거나.

내공조차 제대로 운용하지 못하는 삼류무사거나.

마연지는 후자에 무게를 실었다.

'어디서 검 좀 익혔다고 벌써 제자를 두다니…… 허세로 가득 찼군.'

내심 혀를 찼지만 마연지는 활짝 웃으며 독고천을 칭찬했다.

"벌써 그 나이에 제자를 두다니 대단하시네요. 실례지만 어디 문파에 소속되어 있는지 알 수 있을까요?"

버릇없는 질문이었지만 마연지는 개의치 않았다.

본능이 말해 주고 있었다.

눈앞의 사내에게는 쓸데없는 예의범절이 필요 없을 거라고.

아니나 다를까.

독고천은 신경 쓰지 않는다는 듯 답했다.

"굳이 말해 줄 필요성을 못 느끼겠군."

"네, 뭐 저도 그렇게 궁금하진 않아요."

마연지가 싱긋 웃으며 답하자 독고천은 내심 웃으며 혀를 찼다.

'당차군.'

당찬 모습의 마연지를 보자 괜스레 독고천의 마음 한구석이 씁쓸해졌다.

추억이 생각난 탓일 것이다.

인연이 닿았고 조금씩 마음을 열려 하면 모두들 떠나갔다.

하지만 그렇기에 지금의 자신이 있는 것이기에 아쉽진 않았다.

그러나 씁쓸함마저 다스릴 순 없었다.

독고천이 살짝 고개를 흔들자 잡념이 휘날렸다.

"운남으로 가는 것이오?"

독고천이 나직이 묻자 마연지가 살짝 고민하는 듯하더니 고개를 끄덕였다.

"운남 쪽이에요. 하지만 운남의 유명한 곤명에 들러 볼까도 지금 고민 중이에요."

곤명은 운남의 수도로, 사계절 기후변화가 크지 않은 겨울철의 유명한 휴양지였다.

그렇기에 독고천은 큰 의심 없이 고개를 끄덕였다.

마연지에게서 느껴지는 내력이 어디선가 접한 듯 익숙했지만 기억이 잘 나지 않았기에 독고천은 대충 넘겼다.

'언젠간 기억이 나겠지.'

운남까지 가는 동안 특별한 다른 일은 발생하지 않았다.

마연지는 연신 곽후에게 말을 걸었고 독고천과는 필요한 말 외에는 섞으려 하지 않았다.

운남에 도착하자마자 마연지는 간단한 인사를 하고는 훅 일행을 떠났다.

독고천은 아무렇지 않았지만 꽤나 정이 든 곽후로서는 아쉽지 않을 수 없었다.

항상 외롭게 산속에서 살아오다가 자신에게 관심을 가져주는 사람을 만난 것이 얼마 만이던가.

아쉬운 것이 당연했다.

운남의 끝부분을 지나 점창산에 다다른 곽후는 새삼스런 눈으로 주위를 두리번거렸다.

"우와."

저도 모르게 곽후의 입에서 탄성이 흘러나오자 부끄러운
지 뺨을 붉혔다.

독고천은 별다른 표정 변화 없이 계속 걸었고 곽후는 그
옆에서 연신 풍경을 감상했다.

험악한 산세의 끝에 다다르자 화려한 필체로 쓰인 현판이
반겨왔다.

점창(點蒼).

점창의 산문 앞에는 무사 두 명이 미동도 없이 산문을 지
키고 있었다.

산문 앞에 독고천과 곽후가 서자 무사 중 한 명이 정중히
물어왔다.

"어떻게 찾아오셨소?"

"장문인을 찾아왔소만."

장문인이라는 말에 무사들의 표정이 급격히 변했다.

"약조는 하셨소?"

"약조는 없지만 얼마 전 계약했던 계약자 중 한 명이라고
말해 주면 알 것이오."

독고천의 아리송한 말에 무사가 고개를 갸웃거렸지만 장
문인을 찾아온 이상 신분이 범상치 않을 것이 분명하기에

정중히 고개를 숙였다.

"잠시만 기다리시오."

무사가 산문 안으로 들어서고 일각이 채 되지 않아 청의를 깔끔하게 입은 사내가 헐레벌떡 뛰어 산문 밖으로 나왔다.

점창의 장문인, 종지일은 독고천의 얼굴을 보자마자 식은땀을 흘릴 수밖에 없었다.

"……이곳은 무슨 일이오?"

천마신교의 태상 교주가 뭔 할 일이 있다고 여기까지 왔단 말인가.

거기다 서로 침범하지 않겠다는 계약을 한 지가 엊그제인데 벌써 파기하려는 것은 아닐 테고.

종지일의 떨떠름한 말투를 읽은 독고천이 피식 웃었다.

"별일은 아니오. 며칠만 신세를 질 수 있을까 하여 왔소이다."

종지일의 얼굴이 종잇장처럼 꾸겨지려다 애써 펴졌다.

"왜 굳이 여기서?"

싫다며 애써 간접적으로 표현했건만 좀처럼 떠날 생각을 않았다.

독고천은 천연덕스럽게 대꾸했다.

"강호인은 동도라 하지 않았소. 며칠만 지내겠소."

"끄응."

종지일이 한숨을 내쉬었다.

항상 근엄하던 종지일의 생전 처음 보는 모습에 무사들이 당혹해하던 차였다.

더 이상 얘기가 길어지면 독고천의 정체가 밝혀질까 두려워 종지일은 급히 손을 휘둘렀다.

"우선 들어들 오시오."

곽후는 손님방에 놔두고 독고천과 독대를 하고 있던 종지일이 진중한 표정을 지었다.

"무슨 꿍꿍이로 본 파에 오신 것이오?"

무례했지만 이럴 때는 직접적으로 물어보는 것이 서로를 위한 것이었다.

독고천은 담담한 표정을 지으며 종지일을 바라보았다.

종지일이 슬쩍 시선을 피했다.

천마신교라는 평생을 싸웠던 문파와 동맹을 맺은 것조차 하늘에 계신 조사님들이 본다면 이를 갈 것이었다.

그런데 이렇게 일대일로 독대라니.

그러나 수치심은 일지 않았다.

살기 위해 타협을 한 것은 절대로 잘못된 생각이 아니라 판단했다.

제자들을 살리기 위해서 잠깐의 구부림 정도는 얼마든지 해 줄 수 있었다.

그것이 본 파를 위한 일이라고 생각했다.

종지일을 바라보던 독고천이 입을 열었다.

"아까 말했지 않나. 잠깐 들른 거라고."

종지일은 독고천의 하대를 자연스럽게 받았다.

독고천은 자신의 스승인 종일사와 같은 시대의 사람이었다.

또한 힘이 전부인 강호에서 독고천에게 하대를 받는다 해도 이상할 것은 없었다.

힘으로 배분을 따진다면 독고천은 강호에서 가장 첫손에 꼽을 배분일 테니.

"그건 알았소. 하지만 쓸데없는 분쟁은 일으키지 않아 줬으면 좋겠소. 본 파와 귀 교는 동맹 사이니까 말이오."

동맹이라는 말에 종지일이 살짝 머뭇거렸지만 결국 내뱉고 말았다.

그 모습에 독고천이 피식 웃었다.

"본 교와 동맹을 맺은 것에 대해서 꺼림칙한가 보군?"

"당연한 것 아니겠소?"

점창뿐만이 아니라 대부분의 정파의 문파들은 천마신교와 시비가 붙은 적이 있었다.

물론 일방적으로 털린 것이 대부분이었고 좋은 감정은 있을 수 없었다.

만약 소림과 무당 같은 본보기가 없었더라면 종지일도 천마신교와 맞섰을 것이었다.

하지만 강호는 더 이상 구대문파를 중심으로 돌아가지 않았다.

강호무림맹과 정도련.

이 두 개의 축에 끼인 구대문파는 그저 살아남는 것이 우선이었다.

살아남아야 훗날에 도약할 수 있으니.

그것이 종지일이 강호의 칼밥을 먹으면서 느낀 것이었다.

우선 목이 있어야 뭘 하지 않겠는가.

"걱정은 안 해도 된다. 잠시 머물다가 갈 것이니까."

"알았소. 그럼 따로 별채를……."

"아니, 별채를 쓴다면 오히려 의심을 끌기 충분하지. 그냥 손님방으로 내주게."

독고천의 말도 일리가 있다고 생각했는지 종지일이 고개를 끄덕였다.

"알겠소."

종지일이 빤히 독고천을 뚫어져라 쳐다보며 마치 나가라는 눈치를 주었다.

그러자 독고천이 피식 웃었다.

"축객령인가?"

"그건 아니지만 이곳이 정파의 본거지임을 생각해 주었으면 좋겠소. 그래도 난 점창의 장문인이고……."

스릉!

순간, 종지일의 목 옆에는 날카로운 칼날이 번뜩이고 있었다.

第六章

십년후약(十年後約)

꿀꺽.

종지일이 식은땀을 흘렸다.

낌새를 알아채지 못했고, 보지도 못했다.

설마 이 정도일 줄은 몰랐다.

그래도 스스로 절정의 벽을 깬 고수라고 자부하고 있었건만.

독고천은 천천히 검을 거두며 덤덤한 말투로 말했다.

"그건 알지만 누가 강자이고 누가 약자인지 생각해 주게
나. 그럼."

독고천이 나가자 홀로 앉아 있던 종지일은 자신의 목을
쓰다듬었다.

아직까지 서늘한 감촉이 남아 있는 듯 종지일은 한차례

몸을 부르르 떨었다.

'괴물이구나.'

오늘따라 동맹이 옳은 결정이었다는 것을 새삼 깨닫는 종지일이었다.

* * *

독고천과 곽후는 바위에 걸터앉은 채 멍하니 연무장을 보고 있었다.

연무장에서 수련하고 있던 점창의 제자들은 연신 그들을 힐끗거렸지만 정체를 알 수 없었기에 절로 움직임이 작아질 수밖에 없었다.

제자들을 가르치던 지장호(知張浩)도 제자들의 시선을 읽었는지 성큼성큼 독고천에게 다가갔다.

"이보시오."

지장호가 정중히 말하자 독고천이 슬쩍 지장호를 바라보았다.

"지금 본 파의 제자들이 수련 중이오."

독고천이 계속해 보라는 듯 고개를 끄덕였다. 그러자 지장호가 어처구니가 없는지 살짝 눈썹을 찡그렸다.

"본 파가 아닌 자가 수련을 보는 것은 예의에 어긋난다고 생각하오만."

본 파의 손님이기에 정중히 나온 것이지 다른 자였다면 곧바로 지장호가 칼을 뽑아 들었을 것이었다.

거기다 얼핏 듣기로는 장문인의 손님이라고 하지 않던가.

그렇다면 신분도 대단할 것이었다.

"하나만 물어보겠네."

갑작스런 독고천의 하대에 지장호가 울컥했지만 애써 참았다.

"만약에 자네가 동네꼬마들이 모여서 배우는 그런 놀이판 같은 곳에 갔다고 해 보지. 그런데 꼬마 녀석 중 대장이 와서는 다짜고짜 '우리의 수련을 보는 것은 예의가 어긋나는 것이오' 라고 말해 온다고 생각해 보게. 꼬마 녀석들이 노는 것을 보는 것이 과연 자네에게 도움이 될 거라 생각하는가?"

지장호의 얼굴이 붉그락푸르락 하더니 이를 갈았다.

"그래서 지금 그 꼬마 녀석의 대장이 나라고 말하고 싶은 거요?"

"그렇게 비스무리 얘기는 했지만 그렇게 들린다면 맞는 거겠지."

"이놈이!"

지장호가 검을 뽑으며 독고천을 가리켰다.

그 기세가 너무나도 흉흉하여 주위 제자들도 쉽사리 말리지 못했다.

"당신에게 비무를 청하겠소."

지장호가 날카로운 눈매로 독고천을 노려보며 거칠게 말하자 독고천은 기다렸다는 듯 벌떡 일어서더니 연무장으로 성큼성큼 걸어갔다.

독고천이 걸어가자 수련 중이던 제자들이 옆으로 비켜섰고 독고천은 어느새 연무장 중앙에 서 있었다.

"뭐하나? 오지 않고."

지장호의 신형이 솟구치더니 연무장에 발을 디뎠다.

워낙 빠른 움직임이라 제자들 입에서 절로 탄성이 흘러나왔다.

"역시, 사부님이야!"

양의검(兩儀劍) 지장호라면 운남에서 모르는 사람이 없었다.

비록 경천동지할 정도의 검술을 지닌 검객은 아니었지만 무패로 유명한 검객이었다.

양의검법은 모든 공격을 파훼하는 수비에 치중한 검술이었다.

양의검법을 익히다 보면 손목이 일정 각도로 꺾이게 되는데 그것이 극성에 다다를 정도로 수련하다 보면 손목이 약간 뒤틀린다고 알려져 있었다.

아나나 다를까.

지장호의 오른 손목은 다른 사람들보다 뒤틀려 있었고 그 뜻은 지장호가 양의검법을 극성으로 익힌, 몇 안 되는 검객이라는 말이었다.

"지장호라고 하오."

독고천 앞에 서서 씩씩거리던 지장호가 애써 화를 가라앉히며 정중히 포권했다.

독고천이 살짝 고개를 까닥였다.

자신의 이름도 밝히지 않는 방자한 모습에 지장호의 인내심이 뚝 끊어졌다.

"네 이놈! 점창을 무시한 것을 후회하게 해 주마!"

지장호의 신형이 사나운 맹호처럼 앞으로 쏘아져 나갔다.

당장에라도 지장호의 검에 꿰뚫릴 것만 같던 독고천의 신형이 흐릿해졌다.

지장호의 검이 허공을 가르고 언제 뽑혔는지 모를 독고천의 검병이 지장호의 복부를 노려 왔다.

펵!

둔탁한 소리와 함께 지장호가 인상을 찌푸리며 뒤로 물러서야 함에도 불구하고 분노로 인해 지장호는 물러설 줄 몰랐다.

오히려 지장호의 날카로운 검이 독고천의 가슴팍을 노려 왔다.

그러나 독고천이 검이 가볍게 지장호의 검을 쳐 내며 재차 복부를 찔러 갔다.

펵!

지장호의 입에서 선혈이 뿜어 나왔다.

"컥!"

어느새 훌쩍 뒤로 물러선 독고천이 이죽거렸다.

"양의검이란 명호는 다 개소리였군."

그 말은 본래 수비에 치중하는 양의검법이 아니라 공격에 치중하는 지장호에게 조언을 해 주는 말이었다.

하지만 누가 그것을 조언으로 받아들일 것인가.

그 누가 듣더라도 속이 뒤집어질 듯한 이죽거림을 들은 지장호도 마찬가지였다.

조언을 듣기는커녕 화가 한층 치솟았다.

"네 이놈!"

그때 연무장을 울리는 중후한 목소리가 울려 퍼졌다.

"그만!"

출검하려던 지장호가 놀라며 옆을 바라보자 어느새 왔는지 모를 종지일이 근엄한 표정을 지은 채 노려보고 있었다.

"자, 장문인."

지장호는 당황하며 검을 급히 집어넣었지만 독고천은 뭐가 그리 재밌는지 미소를 머금은 채 종지일을 바라보았다.

종지일은 상황 파악이 되었는지 속으로 이를 갈았지만 애써 침착하게 지장호에게 말했다.

"자네는 손님에게 무례를 범하지 마시게나."

"하지만……."

"그만."

종지일의 단호한 말에 지장호가 입을 다물며 고개를 푹

숙였다.

독고천은 흥미가 없어졌는지 검을 집어넣더니 종지일 옆으로 지나치며 중얼거리듯 말했다.

"저 녀석은 앞으로 장래가 밝으니 잘 가르쳐 보게나. 단지 양의검법에 너무 치우쳐 다른 중요한 것을 놓치고 있으니 그걸 먼저 조언해 주게."

그 말을 끝으로 독고천은 곽후를 데리고 손님방으로 향했다.

그 뒷모습을 바라보던 종지일은 아리송한 표정을 지으며 고개를 갸웃거렸다.

'도대체 저자는……'

*   *   *

곽후와 함께 담벼락을 거닐던 독고천이 갑자기 입을 열었다.

"어찌 보았느냐?"

"무엇을 말씀이십니까?"

"아까 그자와의 비무에서 무엇을 느꼈느냐?"

독고천의 질문에 곽후가 문득 아까를 회상하듯 눈동자를 굴렸다.

"좀 이상한 점을 느꼈습니다."

독고천이 계속해 보라는 듯 고개를 끄덕이자 곽후가 말을 이어 나갔다.

"사실 아까 그 자의 검로가 조금 이상했습니다. 분명 검을 찌르기 위해 자세를 취하고 있었는데 갑자기 베거나 그리하여 자세가 무너졌습니다."

곽후가 자신의 할 말을 다했다는 듯 입을 다물자 독고천은 무심히 담벼락을 살펴보고 있었다.

그러나 독고천은 내심 흔들리고 있었다.

분명 양의검법에 대해 작은 지식조차 없을 것인 곽후가 지장호의 단점을 바로잡은 것이다.

수비에 치중해야 할 지장호가 연신 공격을 하고 있으니 자세가 무너지는 것이었다.

그런데 한낱 검을 익힌 지 일 년도 채 되지 않은 곽후가 그것을 잡아낼 줄이야.

걸어가던 독고천이 걸음을 멈추고 곽후를 바라보았다.

"너는 내가 누군지 아느냐?"

"그건 모릅니다."

곽후가 고개를 내젓자 독고천이 재차 물었다.

"그런데 어찌 나를 믿느냐?"

"저를 구해 주셨고 제 사부님이니 믿습니다."

곽후의 단호한 말에 독고천이 천천히 곽후를 살펴보았다.

아무리 곽후가 강호와 멀리 떨어져 살았다 할지라도 천마신교의 악명에 대해선 많이 들어 보았을 것이었다.

그러나 단순히 소문에 의해서 눈앞의 제자가 고정관념을

지니게 되는 것은 원치 않았다.

자신은 마인지로를 걷고 있지만 제자는 색다른 길을 걷게
해 주고 싶었다.

마인지로도 좋다.

그러나 그 길은 자신에게 어울릴 뿐.

어울리지 않는 자에게는 큰 옷을 입은 듯 불편할 뿐이었다.

그런 점에서 곽후는 마인지로에 어울리지 않았다. 그러나
또 안 어울리는 것도 아니어서 처음엔 의아해했었다.

곽후와 지내면 지낼수록 곽후의 본 성격을 알게 되고 문
뜩 한 가지 떠오르는 색이 있었다.

회색(灰色).

흑도 아니고 백도 아닌 중간의 색.

그것이 곽후에게 어울리는 색이었다.

그리하여 천마신교라는 울타리 안에 곽후를 가둬 두고 싶
지 않았다.

마공도 가르치지만 정파의 무공도 가르치는 이유가 바로
그것이었다.

독고천도 얼핏 본능적으로 느꼈을지 몰랐다.

정공과 마공의 장단점을 합친 것이야말로 최적이라는 것을.

천선우가 그 예시가 될 수도 있었다.

마공의 심법과 정공의 심법을 두 개 지니고 있어서 노력
여하에 따라 뛰어난 성취를 보여 주지 않았던가.

정공의 장점인 정순함이 지닌 심법으로 바탕을 깔아 놓고 마공의 장점인 속성(速成)으로 무공을 가르친다.

그것이 무공을 익히기에 최고의 방법이라고 독고천은 확신했다.

"그래, 나에 대해서는 차차 알 것이다. 만약 네가 지금이라도 알고 싶다면 알려 주겠다."

독고천의 덤덤한 말투에 곽후는 고개를 내저으며 미소를 지어 왔다.

"때가 되면 알려 주실 거라 믿습니다."

독고천이 저도 모르게 미소를 머금었다.

한참 곽후를 내려다보던 독고천이 곽후의 어깨를 툭툭 치더니 입을 열었다.

"이곳에 너를 맡겨 놓을 것이다. 힘들 수도 있다. 해 보겠느냐?"

"얼마나 오래인지요?"

"십 년이다."

십 년은 결코 짧은 시간이 아니었다. 강산이 바뀌는 시간이다.

그러나 곽후는 전혀 흔들림조차 없이 고개를 끄덕이며 힘차게 답했다.

"예. 하겠습니다."

점창은 뛰어난 검객을 우상시하는 문파 중 하나였다.

그렇기에 종지일이 못마땅해하지만 독고천을 스스럼없이 점창 내에 받아들인 것이었다.

겉으로 내색하진 않았지만 종지일은 내심 독고천의 검술에 대해 존경심을 가지고 있었다.

종지일은 아까의 일을 따지기 위해 독고천을 향해 성큼성큼 다가오고 있었다.

"이보시오."

종지일이 근엄함 표정을 지은 채 다가오자 독고천이 마침 잘 왔다는 듯 종지일의 말을 끊었다.

"내 제자를 맡아 주게."

"뭐라고 하셨소?"

근엄한 표정을 지은 채 다가오던 종지일이 당황스런 표정을 지으며 물었지만 독고천은 곽후를 슬쩍 밀었다.

"내 제자를 본 교와 귀 파의 동맹 기념으로 맡기고 싶네."

종지일이 이게 뭔 소리냐는 듯 독고천의 눈치를 살폈지만 아무것도 읽어 내지 못했다.

"그러니까 이 꼬마가 당신의 제자이고 이 꼬마를 본 파에 맡기고 싶단 말이오?"

"그렇네."

종지일은 저도 모르게 헛웃음을 지을 뻔했다.

"이곳은 구파일방 중 하나인 점창이오. 그것을 잊으셨소?"

"아직도 구파일방이었나? 그건 몰랐군."

독고천이 천연덕스럽게 대꾸하자 종지일의 눈동자가 슬쩍 흔들렸다.

그랬다.

이미 구파일방 중 절반이 천마신교에게 지워져 버렸던 것이다.

물론 다시 재건하고는 있었지만 그것이 도대체 몇 년이 걸릴지 그 누구도 예측하지 못했다.

잠시 독고천의 의중을 살피려는 듯 살펴보던 종지일이 곽후에게 시선을 돌렸다.

곽후의 몸을 위아래로 훑던 종지일이 내심 탄성을 질렀다.

'골격은 좋군.'

"골격뿐만이 아니라네."

독고천의 말에 종지일이 흠칫 놀랐다.

'이제는 마음까지 읽는단 말인가.'

종지일이 의심스런 눈으로 독고천을 조심스럽게 살폈지만 독고천의 덤덤한 표정은 바뀌지 않았다.

"가르치다 보면 알 걸세. 내가 보증하지."

독고천의 단호한 말에 종지일이 고민했다.

눈앞의 사내는 강호제일인이라 불려도 손색이 없는 자가 아니던가.

그런데 그런 자가 보증한다면 분명 천고의 기재일 것이었다.

그리고 비록 천마신교 소속임이 분명했지만 요즘 같은 강호에선 사파 출신이고 정파 출신이고 굳이 따지지 않았다.

워낙 혼란스러운 시대이다 보니 실력을 우선으로 치고 있었다.

거기다 제자로 받아들이는 것도 아니고 잠시 맡아 달라는 말이니 큰 손해는 없을 것이었다.

만약 불리하게 되면 눈앞의 꼬마를 인질로 삼으면 유리해질 수도 있으니 말이다.

잠시 고민하던 종지일이 고개를 끄덕였다.

"알겠소. 맡아 주겠소."

"고맙군. 나중에 찾아오겠네."

그 말을 끝으로 독고천이 사라졌다.

증발하듯 눈앞에서 흔적도 없이 사라지자 종지일이 혀를 찼다.

"정말 대단한 자군. 배짱도 대단하군."

종지일은 새삼스런 눈으로 곽후를 바라보았다.

곽후는 정중하게 포권을 해 왔다.

"잘 부탁드리겠습니다."

그 모습에 종지일의 얼굴에 새삼스런 미소가 맺혔다.

"나야말로 잘 부탁한다."

그것이 점창과 훗날 강호를 뒤흔들 검객의 첫 만남이었다.

*　　*　　*

탕탕탕!

망치질 소리가 전각 내에 울려 퍼지며 청명한 소리를 냈다.

한창 땀을 흘리던 사내가 소매로 이마를 닦으며 한숨을 내쉬었다.

"휴, 그래도 다 해 가는군."

그러던 중 문득 인기척을 느끼고는 산문 쪽으로 시선을 돌렸다.

산문에는 흑의를 깔끔히 차려입은 이십대 중반의 사내가 서 있었다.

허리춤에는 검을 차고 있는 것을 보아 강호인이었는데 꽤나 날카로운 인상이었다.

사내가 들고 있던 망치를 내려놓고는 흑의사내에게 성큼성큼 다가갔다.

"무슨 일이시오?"

흑의사내는 답하지 않은 채 전각 내부를 이리저리 살펴보았다.

그 모습에 무례함을 느낄 수 있었지만 사내는 개의치 않았다.

"보기 좋지 않소? 비록 망했지만 본래 망해 봐야 다시 일어서는 방법을 안다고 하지 않소이까. 본 파도 이번 일을 계기로 서서히 일어날 것이오. 명문은 쉽게 죽지 않으니까."

사내의 말투에는 은근 자랑이 담겨 있었다.

조용히 사내의 말을 듣고 있던 흑의사내가 사내를 바라보았다.

사내는 흑의사내의 맑지만 무언가 칙칙한 눈동자에 몸을 한차례 휘청거렸다.

"흡."

몸을 가다듬은 사내가 흑의사내를 쳐다보며 조심스럽게 되물었다.

"귀하는 누구시오?"

보통 인물이 아니었다.

비록 자신이 무당의 이대제자이긴 했지만 무공에 자부심을 가졌던 몸이다.

그런 자신을 눈빛으로 제압할 정도면 유명한 검객임이 분명했다.

흑의사내는 덤덤히 사내를 바라보다가 문득 입을 열었다.

"당신의 이름은?"

"매청(梅菁)이오."

"좋은 이름이군. 인부를 뽑지 않소이까?"

"인부는 뽑긴 하지만 아무래도 본 파의 사정이 좋지 않아 보수는……."

보수라는 말에 흑의사내가 고개를 내저었다.

"보수는 필요 없소."

흑의사내가 갑자기 자신의 소매를 걷어붙이더니 사내를 보며 씨익 웃었다.

"무엇을 도와주면 되겠소?"

＊　　＊　　＊

매청은 연무장에 모인 제자들을 훑었다.

한결같이 젊고 미래가 창창한 젊은이들이었다.

망한 무당을 믿고 찾아와 준 그런 젊은이들.

무당의 장문인, 매청은 결코 그들에게 절망을 안겨 주고 싶지 않았다.

무당이 망했다는 말을 들었을 때 얼마나 절망했던가.

자신의 평생을 담아 왔던 무당이.

검객들의 성지라는 무당이 망했다는 소식은 결코 누구도 쉽사리 믿을 수 없는 소식이었다.

그러나 그것은 사실이었고 무당의 이대제자였던 자신이 장문인이라는 자리에 올랐을 때 그것을 실감할 수밖에 없었다.

무당은 망했다는 것을.

"오늘 배울 것은 태극검(太極劍)이다."

태극검은 무당의 속가제자들이 배우는 검법으로 보통은 수련생을 거쳐야 배울 수 있는 검법이었다.

하지만 그것 외에는 제대로 남겨진 비급이 없기 때문에

함부로 가르쳐 주지 못하고 있는 판이었다.

매향은 무당에서 수련생 시절을 겪지 않고 속가제자로 곧바로 들어온 제자였다.

그렇기에 수련생 때 배우는 기초적인 삼재검법 같은 것을 배운 적이 없었다.

물론 비급을 몇 번 훑어보면 알 수도 있겠지만 그런 비급마저 모두 소실되어 버렸다.

남에게 손을 빌리고 싶진 않았다.

그것이 무당의 마지막 자존심이라 믿었기에.

매청은 검을 가볍게 뽑아 들고는 신형을 날렸다.

때로는 무겁게, 때로는 가볍게 그러나 표홀하면서도 날카로운 매청의 검은 탄성이 나오기에 충분했다.

하지만 그것은 제자들의 눈에 대단할 뿐.

실질적으로 강호에서 일류고수 축에 겨우 들까 말까 한 실력이었다.

그런 자가 검객의 성지였던 무당의 장문인인 것이다.

매청의 검무를 마치고 연무장에 가볍게 내려섰을 때 저 멀리서 다가오는 흑의사내를 발견했다.

일도 잘하고 솜씨도 좋기에 엊그제 인부로 뽑았는데 허리춤에 검을 차고는 있는 것이 의아하긴 했다.

아니나 다를까.

연무장으로 올라오는 흑의사내에게는 검이 들려 있었다.

"이보시오. 검을 휘두르고 싶은 것은 알겠지만 지금 내가 제자들에게 가르침을……."

말은 길었지만 행동은 짧았다.

흑의사내의 검이 허공을 갈랐을 때 매청의 뇌리 속을 스쳐 가는 단어는 단 하나였다.

태극!

태극이 흑의사내에게서 흘러나오고 있었다.

유함과 중함이 골고루 섞인 검이 이리저리 연무장을 가르며 하나의 태극을 만들고 있었다.

멀리서 보았던 청수 장문인의 태극검법도 이 정도는 아니었다.

오히려 살짝 미숙한 맛이 있었는데 눈앞의 사내의 검은 차원이 달랐다.

말 그대로 검속에 빨려 들어갈 것만 같았다.

어느새 흑의사내는 검을 검집에 집어넣은 채 연무장에서 내려가고 있었다.

매청은 이성으로는 자신을 말렸지만 본능적으로 알고 있었다.

눈앞의 이자를 놓쳐선 안 된다는 것을.

"이보시오!"

흑의사내가 슬쩍 뒤돌아보자 매청이 무릎을 꿇고 있었다.

제자들은 놀라며 매청을 만류하려 했지만 매청은 단호했다.

쿵!

매청이 머리를 땅에 박으며 간곡한 말투로 요청했다.

"본 파를 살려 주시오."

＊　　＊　　＊

무당의 모든 이들이 그를 흑화자(黑華子)라 불렀다.

검은색처럼 항상 흑의를 입고 다녔지만 꽃처럼 가는 곳마다 무당을 밝혀 주었기에 불린 이름이었다.

정체도 모르고 이름도 몰랐다.

하지만 확실한 것은 무당을 재건하는 데 가장 지대한 공헌을 하고 있다는 것이었다.

처음에는 의심도 했지만 무당 절반 이상의 전각이 흑화자에 의해 재건되고 있었다.

또한 무공도 뛰어나 새로 입문한 제자들의 수업까지 맡고 있었다.

비록 차갑고 말수도 적었지만 흑화자는 그렇게 무당의 기둥이 되어 가고 있었다.

"선배님!"

헌앙한 모습의 청년 도사가 흑화자에게 달려가며 외치듯

말했다.

조용히 검을 갈고 있던 흑화자가 슬쩍 고개를 들자 청년 도사, 장진(長進)이 활짝 웃었다.

"여기서 뭐하십니까?"

흑화자는 무당의 정식 제자가 아니었다.

그래서 사부님이라는 칭호는 쓸 수 없었고 그렇다 보니 선배라는 칭호를 쓰게 된 것이었다.

검을 검집에 집어넣은 흑화자가 벌떡 일어섰다.

"보면 모르나."

차가운 말투였지만 장진은 개의치 않는 듯 헤벌쭉 웃었다.

"오늘도 같은 시간대에 연무장에서 수업을 하십니까?"

흑화자는 무당의 손님으로 머물면서 제자들에게 무공을 가르쳐 주고 있었다.

신기하게도 흑화자는 무당의 무공을 자세히 알고 있었는데 예전에 무당에서 파문당했던 제자이니 뭐니 하며 소문이 돌았다.

하지만 멸문당할 뻔했던 문파였고 선배 고수들을 모두 잃은 무당이었기에 파문을 당했든 말든 중요한 것이 아니었다.

무당의 선배가 자신들을 잊지 않고 찾아와 주었다는 것이 감사할 따름이었다.

"그래."

흑화자가 고개를 끄덕이자 장진은 씨익 웃으며 흑화자 옆으로 가까이 붙었다.

"그나저나 모두들 궁금해합니다. 선배님의 정체를요. 도대체 언제 무당의 무공을 배우셨고 언제 무당에 입문하셨는지."

장진의 말을 조용히 듣고 있던 흑화자가 피식 웃었다.

"무당에 입문한 적은 없다. 청산이 들으면 기절하겠군."

청산이라는 말에 장진의 눈이 빛났다.

"청산은 태극검제라 불리던 전대 장문인을 말씀하시는 것이 아닙니까?"

흑화자가 입을 다물자 장진은 더욱 궁금한 듯 한층 달라붙었다.

"아니라면 왜 본 파의 제자들에게 가르침을 내려 주시는 겁니까?"

흑화자가 문뜩 걸음을 멈추었다.

"내가 이곳에 온 지 얼마나 흘렀지?"

"약 세 달 정도 됐지요."

"오늘이 마지막이다."

"뭐가 말씀이십니까?"

장진이 의아한 표정을 지으며 되묻자 흑화자가 덤덤한 표정으로 말했다.

"오늘 무당을 떠날 것이다."

"예에?"

장진이 당황하며 못 믿겠다는 듯 되물었지만 흑화자의 표정은 단호했다.

"난 그저 한 가지를 보고 싶을 뿐이다."

진중한 분위기에 장진은 웃음을 멈추고 멍하니 흑화자를 바라보았다.

흑화자의 입이 열렸다.

"……나를 무너뜨릴 무당 최고의 검을."

* * *

시끌벅적하던 연무장에 순식간에 조용해졌다.

흑화자가 연무장에 오르자 제자들은 경외의 눈빛으로 쳐다보았다.

흑화자는 말 그대로 그들의 정신적 지주였다.

문파의 재건으로 바쁜 일대제자들이나 다른 선배들을 대신에 손수 무공을 가르쳐 주고 세세한 가르침을 내려 주는 흑화자는 말 그대로 사부 이상이었다.

연무장에 모인 제자들을 훑어보던 흑화자가 덤덤히 입을 열었다.

"난 무당을 없앴다."

순간, 제자들의 눈이 당황으로 물들었다.

이게 무슨 소리인가.

무당에 와서 무당의 제자들에게 무당의 무공을 가르쳐 주는 흑화자에게서 나오는 말이라고는 믿기지 않았다.

흑화자, 독고천은 말을 이어 나갔다.

"나는 무당을 없앴고 장문인과 장로들의 목을 직접 베었다. 하지만 그 속에서 가능성을 보았다. 내 이름은 독고천. 무당을 없앤 장본인이며 무당에게 모든 것을 다시 돌려주러 왔다. 창고에는 무당에서 가져갔던 무당의 모든 무공 서적들을 나열한 서적들을 적어 놓았다. 물론 진본은 본 교에 있지. 내가 준 무공들을 익혀서 나에게 도전해 와라. 와서 무당의 원수인 나에게 복수해라."

독고천이 입을 다물자 무당의 제자들의 표정은 경악으로 물들어져 있었다.

이게 진실인지 아닌지 도저히 알 방법이 없으니 저마다 혼란에 빠져 허둥거리고 있었다.

어떤 이는 이것이 꿈일 거라는 생각에 자신의 뺨을 꼬집어 봤지만 냉정한 현실은 변하지 않았다.

독고천은 할 말이 끝난 듯 연무장에서 성큼성큼 내려왔다.

그런데 순간 제자들 중 순간, 한 명이 경악하며 독고천을 가리켰다.

"마, 맞다! 그때 그 흑의를 입은 악마! 그 악마가 맞아! 마교의 태상 교주다!"

제자들 중 한 명이 그렇게 외치자 제자들이 경악하며 웅성거렸다.

"그럼 우리들이 마교의 태상 교주에게 무공을 배운 것이란 말이야?"

"원수에게 무공을 배웠단 소리잖아!"

순식간에 제자들이 이를 갈며 독고천을 노려보았다.

자신들의 문파를 무너뜨린 원수가 눈앞에 있다는 사실만으로 그들의 표정은 맹호와도 같이 날카로워졌다.

그들 중 대부분이 검을 뽑아 든 채 살기등등한 표정을 짓고 있었다.

그들을 덤덤한 표정으로 바라보던 독고천이 만족한 듯 씨익 웃었다.

"그런 자세 좋네. 그런 자세로 열심히 수련해서 제발 나를 넘어 주게나."

팟!

그 말을 끝으로 독고천은 증발하듯 사라져 버렸다. 갑작스런 상황에 제자들은 아무 말도 하지 못한 채 꿀 먹은 벙어리마냥 멍한 표정을 짓고 있었다.

그 모든 것을 뒤에서 지켜보던 매청의 얼굴은 슬퍼 보였다.

'당신이 그였다니…….'

第七章

무정세월(無情歲月)

"하루 머물러도 되겠소?"

빗질을 하던 동자승이 슬쩍 고개를 들자 흑의를 말끔하게 차려입은 사내가 서 있는 것이 보였다.

"하룻밤 말씀이십니까?"

"그렇소."

"잠시만 기다려 주시겠습니까?"

흑의사내, 독고천이 고개를 까닥이자 동자승이 빗자루를 벽에 기대어 놓고는 종종걸음으로 산문 안으로 들어갔다.

잠시 후 동자승이 빼꼼히 얼굴을 내밀었는데 미소를 머금고 있었다.

"들어오셔도 된답니다."

동자승이 힘겹게 산문의 문을 열고는 끙끙거렸다.

독고천이 슬쩍 문을 밀자 무거워 보이던 산문이 쉽게 열렸다.

끼이익.

동자승은 소매로 이마를 닦더니 합장을 해 오며 정중히 말했다.

"고맙습니다."

"언제 입문했소?"

독고천의 물음에 앞장서서 걸어가던 동자승이 뒤를 힐끗 돌아보았다.

"한 달이 약간 안 되었습니다. 저희 아버지께서 제가 소림에 입문하는 것이 꿈이라고 하셨는데 그 꿈이 이뤄질 거라고는 상상도 못했지요."

동자승은 그때가 생각났는지 뺨에 홍조를 띤 채 말을 이어 갔다.

"사실 소림이라는 곳이 우상과도 같은 곳이었지요. 저 같은 사람이 감히 넘겨볼 수도 없는 곳이었는데……."

"그런데?"

독고천이 묻자 동자승은 슬픈 표정을 지었으나 한편으로는 기쁜 표정이었다.

"……그 사건 이후로 제가 감히 소림에 입문할 수 있게 되었으니. 사람 일이란 알 수 없지요."

"그 일이라면?"

"예, 마교에 의해 한 번 멸문지화를 당할 뻔했지요. 하지만 다행히 소림의 명맥은 끊이지 않고 이어져 가고 있습니다."

어느새 손님방에 도착했는지 동자승이 한곳을 가리키며 정중히 말했다.

"이곳이 시주께서 머물 곳입니다. 그럼."

동자승이 나이답지 않은 정중한 모습을 보여 주며 서서히 멀어져 갔다.

손님방을 살펴보던 독고천이 문득 뒤를 바라보았다.

멀쩡한 전각은 없었다.

대충 판자로 바람만을 막아 놓았을 뿐, 그때 그대로였다.

독고천은 잠시 과거가 생각나는지 슬쩍 눈을 감았다.

그런데 어느새 다가왔는지 모를 젊은 청년 승려가 미소를 머금으며 서 있었다.

"손님이 오셨다고 들었는데 이렇게 젊으신 분인 줄 몰랐습니다."

독고천이 슬쩍 눈을 뜨자 승려가 정중히 합장을 해 오며 빙긋 웃었다.

"아직까지 소림을 잊지 않고 찾아와 주시다니 감사할 따름입니다."

"귀하는 누구시오?"

"저는 소림을 맡고 있는 정해(正解)라고 합니다."

정 자 돌림은 소림의 삼대제자 배분이었다.

일대제자고 이대제자고 모두 몰살당했으니 남은 것은 삼대제자뿐이었다.

새파랗게 젊어 보이는 승려가 태산북두라 불리던 소림의 방장이라니.

새삼 소림이 망했다는 것이 실감났다.

"강호의 태산북두라는 소림에 사람이 참 없소이다."

"다 옛말이지요. 새삼 강호의 비정을 알게 되었으니 다행인 거지요."

정해의 표정은 담담했다.

예전에는 소림을 찾아오던 손님들의 수는 족히 셀 수도 없을 정도였다.

매일매일 새로운 자들이 시주를 해 왔고 어떻게든 소림과 인연을 이어 보기 위한 온갖 방법을 취해 왔다.

그러나 지금은 아무것도 없었다.

정기적으로 후원해 주던 문파들도 발길이 끊겼고 그 누구도 소림을 도와주려 하지 않았다.

하지만 정해는 그럴수록 마음을 다잡았다.

가야 할 길을 찾은 것이다.

소림은 너무 속세의 일과 관련이 깊었다. 드디어 본래 불가의 길로 돌아온 것이다.

"다 부처님의 뜻입니다."

덤덤한 표정의 정해를 바라보던 독고천은 고개를 끄덕였다.

"며칠 머물고 싶은데 괜찮겠소?"

정해는 독고천을 아리송한 표정으로 쳐다보았다.

이미 망해 버린 소림에 관심을 가져 주는 강호인이라.

이것이 흔히 말하는 인연인가 싶었다.

어떤 상황에서도 이어지고 마는 인연.

정해의 입가에 짙은 미소가 맺혔다.

"얼마든지 계셔도 됩니다."

*　　*　　*

연무장에는 삼십여 명이 조금 넘는 승려들이 서 있었다.

연무장 중심에는 정해가 근엄한 표정을 지은 채 주위를 두리번거리고 있었는데 문득 정해가 독고천을 발견하고는 맑은 미소를 지으며 다가왔다.

"시주께서 연무장은 어쩐 일이십니까?"

"그냥 산책을 하고 있었소."

"이곳은 연무장입니다. 뭐, 하지만 보셔도 상관 없으니 방해만 안 해 주면 괜찮겠습니다."

독고천이 알았다는 듯 고개를 끄덕이자 정해는 빙긋 웃고는 연무장으로 다시 올라갔다.

연무장에 올라간 정해의 표정은 독고천을 대할 때와는 천지 차이였다.

마치 하나의 날카로운 검을 보는 듯했다.

"다들 정자세로!"

승려들이 절도 있는 자세를 취하자 정해의 몸이 매처럼 가볍게 날아올랐다.

비록 삼대제자 출신이긴 했지만 소림의 방장이라는 위치를 맡고 있는 이상 뛰어난 무공을 지녀야 했다.

그러나 겉만 화려할 뿐, 실전에서는 하등 필요도 없는 잡기술들뿐이었다.

소림이 자랑하던 나한권법 등의 서적들도 모두 실전된 채 소림이라는 무거운 짐이 정해에게 짊어져 있었다.

한참 동안 이리저리 날아다니던 정해가 연무장 중앙에서 움직임을 멈추고는 소매로 이마에서 흐르는 땀을 닦았다.

"잘들 보았겠지."

"예!"

승려들의 외침 소리가 우렁차게 울려 퍼지자 정해의 입가에 작은 미소가 새겨지기 시작했다.

'그래, 천하의 소림도 처음에는 이렇게 시작했을 것이다. 나라고 다르지 않다. 소림을 다시 일으켜 세울 수 있을 것이다!'

그 모습을 바라보고 있던 독고천이 갑자기 성큼성큼 연무장에 올라왔다.

정해는 당황하며 독고천을 제지하려 했다.

"시주님, 이러시면……."

순간, 정해의 입에서 탄성이 흘러나왔다.

독고천의 신형이 갑자기 튕기듯 위로 솟구치더니 금빛이 흘러나오기 시작했다.

때로는 호랑이처럼.

때로는 독수리처럼.

이리저리 연무장을 휘젓고 다니는 금빛 신형의 모습은 하늘에서 내려온 황장군(黃將軍)이라 해도 믿을 정도였다.

승려들도 멍하니 독고천의 검무를 지켜볼 수밖에 없었다.

그들도 난생 처음 보는 아름답고도 패도적인 검무에 시선을 빼앗겼다.

독고천의 움직임이 멎었을 때 모두들 아쉬운 탄성을 삼켰다.

그만큼 독고천의 움직임은 감탄스러운 것이었다.

정해의 눈은 승려들과 다른 의미인 경악으로 물들어져 있었다.

분명 그것은 자신의 사부와 선배들이 펼쳤던 그것과 같았다.

"정해야, 잘 봐 두거라. 이것이 바로 나한검법(羅漢劍法)이란다."

정해는 벌어진 입을 다물지 못했다.

그때 선배들이 펼치는 아름다운 검무는 정해의 뇌리에 박히고 또 박혀서 눈을 감으면 보일 정도였다.

그런데 그것을 뛰어넘는 아름다움이 알지도 못하는 시주에게서 펼쳐진 것이었다.

정해는 움직임도 멎은 채 그저 멍하니 독고천이 연무장에서 내려오는 것을 쳐다볼 뿐이었다.

그 모습에 승려 중 한 명이 정해를 조심스럽게 불렀고 정해는 자신의 실수를 깨달으며 헛기침을 했다.

"험험, 오늘은 이만 해산들 하게나."

"예."

승려들이 흩어지자 정해는 곧바로 독고천에게 다가갔다.

독고천은 무슨 일이냐는 듯 정해를 바라보았고 정해는 감격스런 표정을 지은 채 말을 잇지 못했다.

"시, 시주."

"무슨 일이오?"

"시주께서는 어떤 선배님과 인연이 닿아 있으신 겁니까? 소림이 어렵다는 것을 알고 친히 도와주려 오신 것이 맞지 않습니까?"

고고하던 소림은 없었다.

한 명 한 명이 아쉬운, 그런 날개를 잃은 소림만이 다시

날기 위해 발버둥칠 뿐이었다.

독고천은 정해를 물끄러미 바라보더니 덤덤하게 말했다.

"예전 혜연과는 인연이 있었지."

혜연이라는 말에 정해가 잠시 고개를 갸웃거리더니 몸을 벌벌 떨기 시작했다.

혜연이 누구던가.

소림권황이라 불리던 전전대 방주의 이름이 바로 혜연이 아니던가.

눈앞의 청년은 분명 이십대 중반으로밖에 보이지 않는데 혜연 대사와 인연이 닿아 있다니.

'설마 반로환동?'

그러나 정해는 곧바로 고개를 내저었다.

반로환동은 전설상에나 나오는 경지였다.

눈앞의 사내가 아무리 대단하다 할지라도 반로환동의 경지에 올랐다고 보기엔 무리가 있었다.

하지만 중요한 것은 눈앞의 사내는 결코 평범한 시주가 아니라는 것이었다.

"시, 시주께서는 혜연 대사님과 어떤 인연이 있으셨습니까?"

"인연보다는……."

독고천이 잠시 과거를 회상하듯 하늘을 바라보다 피식 웃으며 입을 열었다.

"······악연이지."

악연이라는 말에 정해가 잠시 고민했다.

그러나 곧바로 고개를 거칠게 내저었다.

만약 눈앞의 사내가 말하듯 악연이라면 감히 혜연 대사와 인연이 닿았을 리가 없었다.

그만큼 혜연 대사는 소림의 자랑이었고 강호의 기둥이었다.

분명 눈앞의 사내는 엄청난 배분을 지닌 숨은 고수일 것이었다.

그것도 망해 가는 소림을 잊지 않고 찾아준 한 명의 인연.

정해가 정중히 고개를 숙이며 포권하더니 중얼거리듯 말했다.

"잘 부탁드리겠습니다. 선배님."

그렇게 소림은 한 명의 식객을 받게 되었다.

* * *

예전 소림을 기억하는 강호인이라면 지금 이 모습을 보고 경악했을 것이었다.

소림의 장문인이 정체도 모르는 낭인 앞에 공손히 서서 가르침을 받고 있는 것이다.

"예, 그렇다면 이건 이렇게 되는 것입니까?"

정해가 조심스럽게 묻자 독고천이 힐끗 정해의 자세를 보고는 고개를 내저었다.

"거기선 좀 더 이렇게."

말과 동시에 독고천의 주먹이 허공을 갈랐다.

팟!

파공음이 들리며 독고천의 소매가 휘날리자 정해는 내심 감탄을 감추지 못했다.

'이 사람이 소림의 문하라고 한다 해도 그 누구도 의심하지 못할 것이다.'

독고천의 소림에 대한 무공 수준은 일대제자 급 이상이었다.

아니 일대제자가 살아 있다 할지라도 쉽사리 독고천의 무위를 흉내 낼 수 있을지 의문이었다.

예전 정해가 보았던 바로는 일대제자의 사형들은 눈앞의 사내만큼의 무위를 보여 주지 못했다.

심지어 장로였던 선승들조차 과연 이 사내보다 나을지 의심이 될 정도였다.

독고천은 정해를 간간이 가르쳐 주며 무공 비급서를 훑어 내려가고 있었다.

소림은 멸문 전에 비전으로 내려오던 비급 몇 개를 숨겨 놓았는데 그것을 바탕으로 다른 소림의 비전들을 추측하는 중이었다.

정해는 아직 무공의 수준이 뛰어나질 않아 그것이 어떤 수준인지 크게 와 닿지 않았다.

그러나 일정 무위에 오른 절정고수가 이 모습을 본다면 경악할 것이었다.

독고천이 하는 일은 일대종사(一代宗師)들이나 할 수 있는 업적이었다.

무공을 보고 그 무공을 추측해서 파생된 무공을 알아낸다는 것은 강호 역사상 듣도 보도 못한 경지였던 것이다.

"어느 정도 익혔는지 알아볼까."

갑자기 독고천의 신형이 흔들리더니 정해를 덮쳐왔다.

이런 일이 한두 번이 아니었기에 정해는 침착하게 보법을 밟으며 뒤로 미끄러지듯 쭈욱 빠졌다.

독고천의 주먹이 정해를 쫓으며 복부를 향해 꽂혔다.

그러나 정해의 신형이 흐릿해지더니 어느 순간 독고천의 옆에 와 있는 것이 아닌가.

곧바로 정해의 오른발이 독고천의 어깨를 내리찍었다.

덥썩!

독고천의 왼손이 정해의 오른 발목을 잡고는 뒤로 날려 버렸다.

휘익!

허공에 날던 정해가 중심을 잡으며 공중제비를 돌았다.

휘리릭!

바닥에 착지하자마자 정해가 신형을 날리려 했지만 눈을 부릅뜰 수밖에 없었다.

분명 아까까지만 해도 눈앞에 있던 독고천이 증발이라도 한 듯 없어져 있었다.

정해의 눈이 이곳저곳을 훑었지만 그 어디에도 없었다.

"……이, 이게 도대체."

그때 문득 정해가 급히 위를 올려다보았다.

쾅!

독고천의 무릎과 정해의 이마가 부딪치자 정해가 선혈을 내뿜으며 그대로 주저앉았다.

"크헉!"

정해는 소매로 입가를 닦으며 천천히 무릎을 일으켰다.

"하아, 역시 선배님을 당할 수가 없습니다. 가르침 감사합니다."

독고천은 아무 말 하지 않은 채 의복에 묻은 먼지를 툭툭 털고는 자리를 떠났다.

그 뒷모습을 바라보는 정해는 고개를 갸웃거릴 수밖에 없었다.

모름지기 강한 무인에겐 드높은 자존심이 함께했다.

그러나 독고천의 뒷모습에게선 보통 강한 무인이 가지는 자존심 대신에 어두운 고독함이 흘러나오고 있었다.

마치 절대자의 모습처럼.

＊　　＊　　＊

다음 날 정해가 독고천의 숙소에 찾아갔을 때 깔끔히 정리되어 있는 이부자리와 두꺼운 서적들, 그리고 서신 한 장이 그의 방에 남아 있었다.

정해는 떨리는 손으로 서신을 펼쳐 들었다.

나의 이름은 독고천. 그대 문파를 멸한 장본인이다. 나는 그대 문파에게 빼앗겼던 것을 모두 돌려주었으며 십만대산에서 그대들이 복수하러 오기를 기다리겠다.

서신을 모두 읽은 정해는 장난이라고 믿고 싶었다.

그만큼 정해는 독고천에게 신뢰를 주었고 어느새 정신적인 지주로 커 가고 있었다.

정해는 서신을 손에 들고는 진이 빠지는지 그대로 주저앉았다.

정해의 얼굴은 허탈함, 그 자체였다.

'……이게 무슨 일이더냐.'

그날 이후 십 년(十年)이란 무정한 세월이 흘렀다.

*   *   *

강호무림은 두 세력으로 양분되어 있었다.

강호무림맹과 천마신교.

정파의 우두머리와 사파의 지존이 강호를 나누어 가지고 있었다.

천마신교는 멸문하기 전보다 더욱 넓은 세력을 구축하며 사파의 지존으로 우뚝 섰다.

많은 사파의 고수들이 천마신교에 입교를 하였고 그 고수들을 중심으로 천마신교는 급격한 성장을 이룩할 수 있었다.

이제는 그 누구도 천마신교를 무시하는 마교라는 칭호는 함부로 입 밖으로 내지 못했다.

그만큼 천마신교가 뿌린 공포는 강호 전역에 스며들고 있었다.

한때 강호무림맹과 호각을 이루며 천마신교에 홀로 전쟁을 선포했던 정도련은 점차 세력을 축소시키더니 본거지만 남겨 두고는 모두 분타를 철수시켰다.

그 누구도 그 이유를 알지 못했지만 정도련의 그러한 행동으로 인해 그 반대편에 서 있던 강호무림맹의 크기는 걷잡을 수 없이 커져만 갔다.

구파일방은 예전의 성세를 되찾기 위해 연신 노력했으며 멸문지화를 당했던 문파들은 남은 후손들이 열심히 문파를 꾸려 나가고 있었다.

그중 무당과 소림의 기세는 욱일승천과도 같아서 역시 명문은 쉽게 죽지 않는다는 것을 세인들에게 각인시켰다.

그리고 그 뒤를 바싹 쫓는 문파가 있었으니.

그 문파는 바로 점창(點蒼)이었다.

* * *

오늘이 바로 그날이었다.

사부님이 찾아오신다던 그날.

그러나 하루가 지나고 이틀이 지나고 한 달이 지났지만 사부님은 돌아오시지 않았다.

"정녕 떠날 것이냐?"

검고 짙은 수염을 기른 청의 차림의 사내가 덤덤히 물어 왔다.

회의를 차려입은 훤칠한 차림의 청년이 천천히 고개를 끄덕였다.

"오시지 않으니 제가 가야지요."

당당한 모습의 회의청년의 모습을 훑어보던 청의사내가 문뜩 검을 뽑아 들었다.

스릉!

서늘한 검광이 뿌려지며 회의청년을 덮쳤다.

쐐아아!

회의청년은 침착히 보법을 밟으며 뒤로 미끄러지듯 쑤욱 밀려나더니 마주 검을 뽑았다.

채앵!

회의청년과 청의사내의 검이 허공에서 맞부딪치자 꽹음이 터져 나왔다.

콰앙!

빛이 번쩍하더니 땅이 움푹 파이고 먼지가 휘날렸다.

그들의 검은 멈추지 않았다.

청의사내의 검은 정직하고 빠르고 표홀했고 현묘함이 흘러나오고 있었다.

그의 검은 점창의 검.

바로 점창의 장문인, 종지일이었다,

요 근래 무당과 소림 다음으로 꼽히는 문파가 바로 점창이었다.

그 누가 무서운 기세로 치솟고 있는 점창의 장문인과 다투어 우위를 점할 수 있단 말인가.

그러나 눈앞의 회의사내는 해내고 있었다.

더군다나 땀 한 방울조차 흘리지 않고 종지일을 억누르고 있었다.

회의사내의 검은 독특했다.

본래 정파의 검법들은 정직하고 웅장한 기운이 흘러나오

는데 회의사내의 검에서는 패도적이면서 거친 기운이 흘러 나왔다.

그것은 마치 마도의 지존이라 불리는 천마신교의 검술과 닮아 있었다.

패도(覇道!)

또 그런데 그것만 나오느냐.

현묘한 기운도 같이 나오니 지나가던 정파의 무인들이 본다면 고개를 갸웃거릴 것이었다.

전혀 다른 두 가지 기운이 회의사내의 검에서 자연스럽게 풀려 나오고 있었다.

덕분에 연신 검을 마주쳐가던 종지일의 손목이 시큰거리며 아파왔다.

내심 놀랐지만 종지일은 애써 표정을 다잡으며 검을 비틀어 갔다.

기묘한 움직임과 함께 종지일의 검이 회의사내의 목덜미를 베려는 순간.

휘리릭!

종지일의 검이 허공으로 치솟으며 빙그르 돌더니 땅에 꽂혔다.

팍!

종지일은 허무한 표정으로 회의사내를 쳐다보았다.

회의사내는 아무렇지 않게 꽂혀 있는 검을 뽑아 들고는 종지일에게 건네주더니 정중히 포권을 했다.

"점창지객(點蒼之客) 곽후, 오늘부로 점창을 떠나겠습니다."

종지일은 그저 고개를 끄덕였다.

"그동안 즐거웠다."

곽후는 살짝 입가에 미소를 머금은 후 뒤도 돌아보지 않고 산문을 나섰다.

사라져 가는 곽후의 뒷모습을 바라보는 종지일의 얼굴에는 짙은 미소가 걸려 있었다.

'……강호무림(江湖武林)아, 놀랄 준비가 되었느냐.'

*   *   *

점창산을 내려온 곽후는 가장 먼저 개방의 분타를 찾았다.

개방은 정보 세력으로도 유명했고 아무래도 전역에 퍼져 있다 보니 방대한 정보력으로 유명했다.

개방의 운남 분타는 한적한 묘 근처에 자리 잡고 있었는데 만약 미리 지도를 챙기지 않았더라면 분타의 근처조차 가지 못할 정도로 깊숙한 곳에 있었다.

순간, 어디서 튀어나왔는지 모를 거지 두 명이 곽후의 앞을 막아섰다.

그 모습에 놀랄 만도 하건만 곽후의 표정은 덤덤했다.

"누구시오?"

얼굴에 주름이 자글자글했지만 동안이라 쉽사리 나이를 짐작치 못하는 거지가 정중히 물어 왔다.

보통 거지라면 천성이 가볍고 천박하다고 알려져 있었으나 요 근래 개방은 변혁을 꾀하고 있었다.

무결개가 개방의 방주 자리를 맡은 이후로 개방은 거지들의 집합소라기보다는 오히려 명문정파의 모습으로 변모하고 있었다.

"정보를 알고 싶어서 찾아왔소."

"어떤 정보요?"

"사람을 찾고 있소."

곽후의 담담한 말에 거지가 스리슬쩍 곽후를 위아래로 훑어보더니 뒤를 가리켰다.

"저곳으로 가 보시오."

거지 두 명이 옆으로 비켜서며 길을 내주었다. 약 일각여 정도 걸었을까.

아까 마주쳤던 묘보다 더욱 허름한 오두막집 주위에는 돗자리를 깔고 거지들이 세월아 네월아 누워 있었다.

낡아 빠진 그릇에 밥을 퍼 먹는 자가 있는가 하면 어떤 이는 몸에 이리저리 뛰어다니는 이들을 잡으며 흥얼거렸다.

그러나 모두들 곽후에게는 시선조차 따로 주지 않았다.

곽후는 성큼성큼 걸어가 오두막집 문을 두들겼다.

탁탁!

"누구냐."

걸쭉한 목소리가 흘러나오자 곽후가 입을 열었다.

"사람 한 명을 찾고자 왔소."

"아, 손님이군."

오두막집 문이 벌컥 열리며 백발의 노인이 껄껄거렸다.

"정말 오랜만의 손님이구만. 들어오게나, 소협."

곽후가 들어가자 시큼하고도 구리구리한 냄새가 물씬 풍겨왔지만 곽후의 표정은 변하지 않았다.

그 모습에 백발노인의 눈이 빛났다.

"누구를 찾으러 오셨나?"

백발노인이 수염을 만지작거리며 방바닥에 앉았다.

곽후가 품속에서 서신 한 장을 꺼내 백발노인에게 건네주었다.

"이 사람을 찾고자 하오."

서신에는 꽤나 잘 그려진 초상화가 그려져 있었는데 흑의를 입고 있었고 전체적으로 날카로운 인상의 사내가 그려져 있었다.

초상화를 훑어보던 백발노인이 혀를 찼다.

"워낙 흔한 상이라 찾기 힘들건데."

"그래서 개방에 온 것이 아니겠소."

은근 개방을 띄어 주자 백발노인이 누런 이를 보이며 씨익 웃었다.

"그건 그렇지? 소협이 찾아오기는 잘 찾아왔소이다. 개방이야말로 정보 세력 중 최고니까. 그나저나 보수는?"

곽후가 품속에서 은자 한 냥을 꺼내서 건네주자 백발노인이 급히 품속에 갈무리하며 고개를 까닥였다.

"일주일 후에 오시오."

"그럼 이만."

곽후는 벌떡 일어나 오두막집을 나섰다.

홀로 남은 백발노인은 초상화를 다시 펼쳐서 살펴보다가 문뜩 무언가 뇌리에 스쳐 지나가는 것을 느꼈다.

백발노인이 급히 방구석으로 가더니 벽을 몇 번 꾹꾹 눌렀다.

놀랍게도 벽에서 문이 생기며 벌컥 열리자 백발노인이 이리저리 뒤적이기 시작했다.

그러던 중 서신을 한 장 찾은 백발노인이 급히 그 서신을 쫘악 펼쳤다.

백발노인은 그 자리에서 주저앉을 뻔했다.

천마신교(天魔神敎) 태상 교주(太上敎主)
독고천

생사 불문명
초절정고수
어떠한 일이 있더라도 척을 지지 말 것.

그 서신 아래쪽에는 작은 초상화가 그려져 있었는데 아까
회의 청년이 주고 간 초상화의 얼굴과 일치했다.

아니, 정확히 말하자면 자신들이 가지고 있던 초상화가
더욱 젊어보였다.

백발노인은 멍하니 초상화를 바라보고 있다가 한숨을 내
쉬며 중얼거렸다.

"뭔가 일이 꼬이는 것 같은데……."

*　　*　　*

"만두와 소면 한 그릇 부탁하오."

"예."

점소이가 고개를 정중히 숙이고 물러가자 탁자에 홀로 앉
아 있던 곽후는 주위를 훑었다.

첫 강호행이었다.

자신이 얼마나 강해졌는지 직접적으로 와 닿지 않았다.

자신의 목표는 단 한 명.

자신의 사부였다.

종지일이 점창의 장문인이든 말든 그를 뛰어넘은 것은 중요치 않았다.

자신의 뇌리 속에 깊이 박혀 있는 그 그림자.

그 그림자를 뛰어넘기 위해 하루하루 지내 왔다.

일주일 후면 그를 만나게 될 것이었다.

그리우면서 감히 범접할 수 없는 자.

그가 바로 사부였다.

잠시 후, 점소이가 소면과 만두를 가져다주었다.

턱!

"맛있게 드십쇼."

젓가락을 손에 쥔 곽후는 만두를 집어 먹기 시작했다.

오랜만에 맛보는 객잔 만두였다.

새삼 어린 시절 사부와 함께 객잔에서 음식을 먹은 나날들이 스쳐 지나갔다.

만두를 웅얼거리던 곽후는 무언가를 발견하고는 눈을 동그랗게 뜰 수밖에 없었다.

"……저 여자는?"

어찌 잊을 수 있을까.

비록 십 년 전 어릴 때 보았다고는 하지만 그만큼 강렬했던 인상의 여인이었다.

마연지(摩蓮智)!

그녀가 객잔 내로 들어서며 주위를 훑어보고 있었다.

그러다 눈이 마주쳤는데 마연지는 알지 못할 표정을 지으며 성큼성큼 다가왔다.

어느새 곽후의 지척에 선 마연지가 표정을 일그러뜨리며 따지듯 물어왔다.

"이봐요."

곽후가 만두를 우물거리며 마연지를 올려다보자 마연지가 기가 차서 한숨을 내쉬었다.

"하아, 어디서 감히 눈을 부라리면서 쳐다보는 거예요? 나 알아요?"

곽후가 고개를 끄덕이며 의미심장한 미소를 짓자 마연지가 살짝 당혹했는지 헛기침을 했다.

"험험, 날 안다고요? 처음 보는데."

마연지가 곽후를 이리저리 살폈다.

순한 인상에 꽤나 헌앙한 모습의 청년.

하얀 피부와 회색의 의복이 조화를 이루며 청년의 얼굴을 한층 밝혀 주고 있었다.

"정말 모르겠는데. 이름이 뭐죠?"

"곽후."

第八章

유운신법(流雲身法)

마연지가 입을 쩍 벌렸다.

분명 곽후라는 이름의 아이는 알았다. 그러나 눈앞의 청년이 그 아이였던 곽후라니.

"네가 그때 그 곽후?"

곽후가 흐뭇한 미소를 지으며. 고개를 끄덕였다. 그러자 마연지가 새삼스런 눈으로 곽후를 위아래로 훑었다.

완전 꼬마로 봤는데 어느새 말쑥한 청년이 되어 버린 것이다.

마연지는 말을 잇지 못했다.

세월의 무상을 느낀 것이다.

십 년 전만 해도 잘 나가던 자신이었지만 십 년이 지난 지금은 그저 지나가는 무인에 불과했다.

한창 자신만만하고 콧대 높았던 과거가 그리웠다.

갑자기 그가 실종만 되지 않았더라면 예전처럼 자신만만하게 살 수 있었을 것이었다.

그러나 그 사건 이후로 마연지는 자신이 배경 외에는 아무것도 없다는 것을 처절히 느꼈다.

그리고 열심히 살기 위해 강호를 전전긍긍했지만 그녀의 드높은 콧대의 비위를 맞춰 주는 곳은 없었다.

오히려 쫓겨나기 다반사였다.

"잘 지냈니?"

마연지의 조심스런 물음에 곽후가 고개를 끄덕이며 씨익 웃었다.

"예."

그러나 곽후도 느끼고 있었다.

예전 그 당당하던 마연지가 아니었다.

마연지도 곽후의 반응을 느꼈는지 잠시 머뭇거리다가 인사를 하며 급히 객잔 밖으로 나왔다.

그 뒷모습을 바라보던 곽후는 한숨을 내쉬었다.

'세월은 어쩔 수 없군.'

그런데 그때였다.

"악!"

마연지의 비명 소리가 터져 나옴과 동시에 곽후의 신형이 솟구쳤다.

마연지는 암습을 받았는지 쓰러져서 복부를 부여잡고 있었고 그 주위로 네 명의 흑의인이 싸늘한 미소를 짓고 있었다.

곽후가 갑자기 나타났지만 그들은 자신의 수적 우위를 믿는지 크게 개의치 않는 눈치였다.

"넌 뭐냐?"

"이 소저를 공격한 것이 당신들인가?"

곽후의 당당한 말투에 흑의인 중 우두머리로 보이는 자가 인상을 찌푸렸다.

"애송아, 우리는 이년과 볼일이 있으니 좋은 말 할 때 가라."

우두머리는 아무렇지 않게 쓰러져 있는 마연지의 손목을 움켜쥐려 했다.

그런데 작은 소음이 울렸다.

스윽!

우두머리는 무언가 이질감을 느끼고는 자신의 손을 바라보았다.

손목에 작은 혈선이 그어져 있었다.

"이게 뭐지?"

그리고 혈선을 중심으로 손목이 어긋나기 시작하더니 손이 뚝 떨어지며 선혈이 폭포수처럼 뿜어져 나왔다.

푸아악!

"으아악!"

우두머리가 자신의 손을 부여잡으며 비명을 내질렀다.

갑작스런 상황에 다른 흑의인들도 당황하며 병장기를 뽑아 들었다.

스릉!

"네놈의 짓이냐!"

그러나 이미 곽후의 검은 검집에 들어가 있었다. 그 모습에 흑의인들이 어처구니가 없는지 웃음을 터트리려던 차였다.

"응?"

채채챙!

흑의인들의 검들이 조각나기 시작하더니 가루로 화하는 것이 아닌가.

가공할 무위에 흑의인들은 기겁하여 뒷걸음질치며 협박해 왔다.

"우, 우리가 누군지 알고 이러는 것이냐!"

"그건 상관치 않는다. 정파든 사파든. 나에겐 다 똑같으니까."

곽후의 싸늘한 눈빛에 흑의인들이 움찔하더니 도망치기 시작했다.

도망치던 중 흑의인들은 한마디를 남기는 것을 잊지 않았다.

"기다려라! 감히 본 교를 건드린 것을 후회하게 해 주마!"

그들의 사라져 가는 뒷모습을 바라보던 곽후는 급히 마연지를 살폈다.

다행히 암습을 당했지만 상처가 깊지 않고 상처가 피육에 그쳐 중상은 아니었다.

곽후가 간단히 손수건을 이용해 마연지의 복부를 감싸고는 그곳에 공력을 불어넣기 시작했다.

마연지는 부끄러움에 얼굴이 붉게 변했지만 곽후가 내색하지 않자 조금은 괜찮아졌는지 다른 곳에 시선을 두고 마른침만 삼켰다.

일각여 정도 흘러 곽후가 마연지의 복부에서 손을 떼자 마연지는 급히 상의를 내렸다.

"고, 고마워."

그 모습에 곽후가 피식 웃었다.

"일어나시죠."

마연지는 곽후의 부축을 받으며 벌떡 몸을 일으켰다.

그러나 마연지의 표정은 어두워져 있었다.

"아까 그자들은 누구죠?"

곽후의 직접적인 물음에 잠시 머뭇거리던 마연지가 마지 못해 입을 열었다.

"천마신교의 무리들이다."

"천마신교가 왜?"

"사실 나 때문이지. 난 남매야. 그런데 그가 어떤 사건으로 인해 모습을 감췄지. 모두들 그를 찾으려 헤맸지만 아무도 찾지 못했어. 하지만 난 알고 있어. 분명 그 사건 이후로 없어진 것임을."

말하는 마연지의 눈빛이 심연처럼 깊게 가라앉았다.

그 모습에 조용히 듣고 있던 곽후가 조심스레 물었다.

"어떤 사건이죠?"

"실종되기 며칠 전 어디에서부터 서신을 한 장 받았다고 들었어. 그는 아무에게도 알리지 않고 모습을 감췄지만 내가 그의 뒷모습을 본 마지막 사람이지. 그가 향하는 방향에는 특별한 것은 없었어. 딱 하나 빼고. 그곳은 바로 십만대산이었지."

"십만대산이라면 천마신교의 본거지 아닙니까?"

곽후는 점창파에서 지내면서 기본적인 강호의 상식들을 배울 수 있었다.

십만대산하면 천마신교가 떠오르는 것이 당연할 정도로 십만대산은 천마신교의 상징과도 같았다.

"그래, 분명 그는 십만대산으로부터 누군가에게 서신을 받고 사라진 거야. 결국 천마신교가 그의 실종에 관련되어 있다는 사실이지. 그래서 이곳저곳 천마신교의 분타를 이 잡듯 뒤지던 중이었어. 하지만 갑자기 이렇게 암습을 해 올 줄 몰랐어."

마연지는 복부를 쓰다듬으며 주위를 훑었다. 분명 마연지는 고수였다.

그러나 수적 우위를 이겨 낼 수 있는 고수는 그리 흔치 않았다.

그리고 아무리 분타라 할지라도 그들의 무위는 결코 낮지 않았다.

오히려 감히 분타를 들쑤시고 다닌 마연지에게 박수라도 쳐 줘야 할 판이었다.

조용히 마연지의 말을 듣고 있던 곽후가 미소를 지었다.

"고생하셨습니다."

마연지가 울컥했다.

분명 평범한 인사치레였다.

그러나 그것만큼 마연지의 마음을 울리는 것은 없었다.

그만큼 마음고생이 심했고 갑작스럽게 문파의 몰락을 옆에서 지켜봐야 했기에 더욱 고통스러웠다.

그가 없다고 그 거대했던 문파가 몰락해 가는 과정은 정말 괴기스러울 정도였다.

그만큼 그의 영향력이 엄청났던 것이겠지만.

마연지의 감정을 읽은 곽후가 조심스럽게 마연지의 어깨를 토닥였다.

그러자 마연지가 터져 나오려는 울음을 집어삼키며 애써 씩씩한 척 씨익 웃었다.

"어린놈이 무슨, 징그럽다."

그러자 곽후가 씨익 웃었다.

"사실 저도 한 사람을 찾고 있어서요. 겸사겸사 같이 다니시겠습니까?"

"누구를 찾는데? 아, 그러고 보니 그때 너와 함께 다니던 그 싸가지는 어디 갔냐?"

"제 사부님 말씀이십니까?"

"험험. 그래."

마연지가 그때 그 모습이 생각나는지 몸서리를 쳤다.

"정말 재수 없었지. 뭔 말을 해도 대답하질 않으니 말이야. 그 사람은 잘 사냐?"

"사실 사부님을 찾고 있습니다."

곽후의 말에 마연지의 눈동자가 살짝 흔들렸다.

말하지 못할 사연이 있음을 절로 느낀 것이다. 그런 마연지의 분위기를 느꼈는지 곽후가 손사래를 쳤다.

"아무것도 아니니 걱정 안 하셔도 됩니다. 사실 이 얘기를 하면 놀라시겠지만 전 사부님의 성함도 모릅니다."

"진짜냐?"

곽후가 그렇다는 듯 고개를 끄덕이자 마연지가 혀를 찼다.

"정말 싸가지 없는 놈, 아니, 사람이었군. 어떻게 제자에게 이름도 안 가르쳐 주는 사부가 있지?"

"하하, 그런데 그게 사부님의 매력입니다."

곽후의 말에 마연지가 고개를 절레절레 내저으며 정색했다.

"그런 말 하지 마라. 꿈에 나올라."

서로를 쳐다보며 피식 웃었다.

그 순간, 곧바로 곽후가 정색하며 그 뒤를 흘겼다.

아니나 다를까.

아까 도망쳤던 흑의인 무리가 차가운 미소를 지으며 다가오고 있었다.

거기다 이번에는 적어도 스무 명은 넘어 보였다.

그중 우두머리로 보이는 중년의 사내가 용모파기를 한 번 훑어본 후 마연지를 바라보고는 고개를 끄덕이며 중얼거렸다.

"저년이 맞는 것 같군. 분타를 이리저리 쑤시고 다닌다는 년."

중년사내의 눈빛에서 독사와도 같은 싸늘한 한기가 흘러나왔다.

그 주위로 흑의인들은 자부심을 가지며 그를 둘러싸고 있었다.

중년사내는 천마신교 운남 분타주 제용산(悌鏞汕)이었다.

무공은 뛰어났지만 성격이 포악하여 많은 문제를 일으키고 다녔던 문제아였다.

대표적으로 제용산은 원래 본거지에 있던 고수였다.

그러나 상관과의 말다툼 끝에 상관을 죽여 버리고 만 것이었다.

결국 실력을 떠나 동료를 살인한 죄를 받고는 감옥에 갇힌 채 좌천되었다.

그러나 훗날 무공 실력을 인정받아 분타주의 자리를 꿰찬 고수였다.

제용산이 가장 앞에 선 채 곽후와 마연지를 훑어보았다.

그러던 중 제용산의 시선이 곽후에 닿았다.

제용산은 고개를 갸웃거리며 주위에 있는 수하들에게 물었다.

"분명 어떤 놈에게 당했다고 하지 않았나?"

"예, 바로 저놈입니다!"

수하의 손끝이 곽후를 가리킴을 알고는 제용산이 혀를 찼다.

"저건 놈이 아니다."

제용산이 갑자기 검을 뽑아 들었다.

그리고 성큼성큼 곽후에게 다가오더니 지척에 다가와서는 포권을 간단히 한 후 씨익 웃었다.

"어디서 나타났는지 모를 고수지만 한 수 가르쳐 주게나."

제용산의 정중한 말투에 흑의인들은 경악을 감추지 못했다.

제용산이 누구던가.

흑마로검(黑魔擄劍)이라 불리며 포악하고 패도를 지향하는 인물이 아니던가.

그들은 난생 처음 제용산의 포권하는 모습을 본 것이었다.

그러나 그들은 몰랐다.

제용산의 등짝은 이미 식은땀으로 젖어 있었다.

어설픈 무인이였다면 곽후를 보고 서생쯤이나 된다고 생각했을 것이다.

그러나 제용산은 비록 분타주 급에 머물러 있지만 무공은 부대주 급의 다다른 인물.

제용산은 곽후를 볼 때 하나의 태산이 서 있는 것처럼 느껴졌다.

마치 태산 안에서 호랑이가 웅크린 채 자신을 노려보는 것 같았다.

그럼에도 불구하고 제용산이 검을 들 수 있는 것은 호승심 탓이었다.

제용산의 손아귀는 땀으로 축축이 젖어 갔다.

그러나 곽후를 바라보는 제용산의 눈은 흔들리지 않았다.

그 모습에 곽후가 성큼성큼 제용산 앞에 다가오더니 검을 뽑아 들었다.

스릉!

날카로운 소리와 함께 검이 뽑히자 제용산은 저도 모르게 마른침을 삼켰다.

스윽.

작은 소음이 제용산의 귓가를 스쳤다,

그리고 끝이었다.

가슴팍이 찢어지며 붉어지기 시작하더니 피가 폭포수처럼 쏟아져 나왔다.

푸아악!

제용산은 멍하니 곽후를 바라보다가 그대로 뒤로 자빠졌다.

콰당!

그 모습에 흑의인들은 아무 말도 하지 못했다.

그들은 절실히 느끼고 있었다.

자신들의 목숨이 눈앞의 사내에 걸려 있다는 것을.

곽후는 그들의 시선을 느꼈는지 슬쩍 바라보고는 차갑게 말했다.

"이것으로 모든 것을 끝맺도록 했으면 좋겠는데……."

흑의인들은 연신 고개를 끄덕이며 차갑게 식어 가는 제용산의 시신을 들고 뒤도 돌아보지 않고 도망쳐 버렸다.

곽후가 검을 집어넣으며 마연지에게 시선을 돌렸다.

마연지는 멍한 표정으로 곽후를 바라보고 있다가 문득 자신의 표정을 깨닫고는 급히 고개를 내저었다.

"……고마워."

마연지가 기어 들어가는 말투로 말했지만 곽후는 크게 개의치 않았다.

"그나저나 사람을 찾는다고 하셨으니까 저랑 같이 개방 분타로 가 보시겠습니까?"

"개방 분타?"

"예, 제가 일주일 후에 찾아간다고 약조해 놓았습니다. 가는 김에 겸사겸사 물어보면 되겠지요."

곽후의 말에 마연지는 저도 모르게 고개를 끄덕였다.

무언가 기분이 좋았다.

항상 외로웠고 홀로 지내 왔는데 단지 곽후가 옆에 있다는 사실만으로도 힘이 나는 것 같았다.

'웃긴 일이구나.'

예전의 자신이라면 감히 상상도 못할 일이었다.

겨우 남자 한 명이 구해 줬다고 이런 마음이 든다니.

"그래, 같이 가 보자."

마연지가 고개를 끄덕이며 답하자 곽후가 밝게 미소를 지어 왔다.

그 모습을 보고 마연지의 심장이 두근거리기 시작했다.

십대 후반의 소녀도 아니건만 이런 감정이 느껴지는 자신이 무언가 창피했다.

'주책이구나.'

그러나 마연지의 입가에는 작은 미소가 머금어져 있었다.

*   *   *

일주일이 지나고 곽후와 마연지는 함께 개방 운남 분타로 발걸음을 향했다.

거지들이 곽후의 얼굴을 기억하는지 이번에는 막지 않고 쉽사리 보내주었다.

오두막집 앞에는 저번의 백발노인이 수염을 매만지며 서 있었다.

밖에서 보니 더더욱 지저분해 보였는데 전형적인 거지의 형상이었다.

"왔는가."

백발노인의 말투에서 꺼름칙함을 느낀 곽후가 고개를 갸웃거렸지만 애써 아무렇지 않은 듯 간단히 포권했다.

"오랜만이오."

"그래, 소협이 원한 정보는 준비가 되었지만 어째서 이 정보가 필요한지 알 수 있겠나?"

백발노인의 질문은 어찌 보면 무례한 것이고, 물어봐서는 안 되는 것이었다.

정보의 사용처를 물어봐서는 안 되는 것이 본래의 불문율이었다.

그러나 정보의 대상이 너무나도 거물이라 안 물어볼 수가 없었다.

아무리 무공이 강하다 할지라도 강호에서 칼밥을 먹은 시간은 얼마 되지 않은 곽후였다.

굳이 말을 하지 않아도 백발노인은 정보를 줄 것이었다.

그러나 곽후는 잠시 고민하다 사실대로 말했다.

"내 사부요."

순간, 백발노인의 눈동자가 흔들렸다.

"정말인가?"

그제야 곽후는 주위의 분위기를 감지하고는 문뜩 입을 다물었다.

그러나 때는 늦었다.

갑자기 숲 속에서 거지들이 설렁거리며 나오기 시작했다.

그들의 눈에서는 형형한 기세가 뿜어져 나왔고 하나같이 몽둥이를 손에 쥐고 있었다.

결코 호의적으로 다가온 것이 아님을 본능적으로 느낀 곽후가 검을 뽑아 들었다.

"왜 그러는 것이오."

곽후는 침착히 주위를 두리번거리며 마연지를 보호하려 애썼다.

혼자 싸우는 것과 누군가를 보호하면서 싸우는 것은 차원이 다른 문제였다.

그러나 마연지가 곽후를 슬쩍 밀었다. 곽후가 놀라며 돌아보자 마연지가 씨익 웃으며 검을 뽑아 드는 것이 아닌가.

"나도 검객이다."

서로의 시선이 허공에서 얽혔다.

피식.

"알겠습니다."

곽후는 자연스럽게 검을 늘어뜨리며 자세를 취했고, 마연지는 검을 치켜 올리며 주위를 노려보았다.

그 모습에 백발노인이 역시라는 듯 고개를 끄덕였다.

분명 천마신교는 건드리지 않는 것이 맞았다.

하지만 적은 적.

만약 천마신교 태상 교주의 제자를 직접 생포했다는 소식을 방주께서 들으신다면 포상과 진급은 코앞에 있는 것이나 다름없었다.

제자를 인질로 천마신교에게서 얼마나 많은 것을 얻어낼 수 있겠는가.

물론, 미행을 붙인 후 문파 내의 고수들을 모두 모아서 잡는 것이 옳은 방법일 터였다.

하지만 이미 엎어진 물.

제대로 쓸어 담으려면 완벽히 하는 방법밖에는 남지 않았다.

그렇기에 몰래 귀주와 사천 분타주들과 상의를 하여 손에 꼽히는 고수들을 불러들였다.

미안하긴 하지만 이게 강호란 냉정한 세계였다.

"쳐라!"

백발노인이 손을 내려치듯 휘두르자 주위를 감싸고 있던

거지들의 신형이 솟구쳤다.

어슬렁거리던 몸놀림과는 달리 거지들의 손속은 매우 날카로웠다.

그들의 공격이 당장에라도 마연지의 목덜미를 움켜쥘 것 같았다.

채앵!

곽후의 검이 가볍게 그들의 공격을 튕겨 내며 움직이기 시작했다.

처음에는 느린 듯하더니 잔상이 흐려지면서 여러 명이 보이는 환상이 보여지기 시작했다.

그것을 본 백발노인의 눈동자가 경악으로 물들었다.

"저, 저것은 점창의……."

운남에 적을 둔 강호인 중, 아니, 강호인 중 그 누가 저 신법을 모를 수가 있으랴.

표홀하면서도 묵직함이 있으며 떠다니는 하나의 구름과도 같다 하여 붙여진 이름!

점창의 유운신법(流雲身法)!

백발노인의 머릿속이 급히 돌아가기 시작하더니 급히 손을 내저었다.

"그만! 중단해라!"

재차 공격을 하려던 거지들이 시큰거리는 손목을 부여잡으며 뒤로 물러섰다.

곽후는 날카로운 눈매로 백발노인을 노려보고 있었다.

매와도 같은 매서운 눈빛에 백발노인은 저도 모르게 마른 침을 삼켰다.

꿀꺽.

겨우 강호의 신출내기의 눈빛에 긴장하고 만 것이었다.

그러나 그것이 점창의 제자라면 달랐다.

비록 위세가 떨어졌다 하지만 구파일방은 구파일방!

거기다 점창은 무당과 소림 다음으로 욱일승천하듯 자라나고 있는 문파가 아닌가.

천마신교의 힘은 두렵다.

하지만 그들은 결국에는 적일 뿐이니 두렵다 하더라도 언젠가는 해치워야 했다.

그러나 점창은 자신들과 같은 구파일방 소속!

그들과 척을 진다면 나중에 점창의 장문인을 만났을 때 뭐라 한단 말인가.

백발노인이 급히 정중히 자세를 취하며 조심스럽게 물어왔다.

"소협은 점창의 제자분이 아니신지?"

"점창의 제자는 아니오."

"그런데 어찌 유운신법을 아시오?"

백발노인의 급변한 태도에 곽후가 인상을 찌푸렸다.

"아까는 다짜고짜 나를 잡으려 하다가 지금은 정중히 나오고. 도대체 이게 뭐하는 짓이오?"

곽후의 따끔한 질책에 백발노인의 이마가 찌푸려졌다.

어제 아침에 보았던 거미를 괜히 죽였다고 생각했다.

이렇게 일진이 안 좋을 줄이야.

"사실 소협께서 찾아 달라고 하셨던 자는 천마신교에 소속되어 있소. 그래서 소협도 천마신교에 소속되어 있다고 착각한 것이오. 정말 그자가 소협의 사부이시오?"

백발노인의 말을 듣는 곽후의 눈동자는 살짝 흔들리고 말았다.

천마신교라니.

물론 명문에서 가르침을 받은 것 같진 않았지만 정대하고 자신의 뜻을 굽힐지 모르는 한 명의 협객이 바로 자신의 사부였다.

그런데 그 악마들의 집합소라는 천마신교에 소속되어 있다니.

쉽사리 상상이 되지 않았다.

곽후는 마음을 다잡으며 고개를 내저었다.

"아니오. 당신을 떠본 것이오."

이 자리를 피하고 싶었다. 굳이 필요 없는 살상을 하고 싶지 않은 탓도 있었고 사부의 정체를 들은 나머지 조금 혼란스러운 탓도 있었다.

곽후의 대답에 백발노인의 표정이 일그러졌다.

'애송이의 놀음에 당하다니…….'

눈앞의 사내는 점창에서 파견 나온 고수일 수도 있었다.

저번에도 청성에서 나왔던 고수가 자신들에게 괴상한 정보를 요구했던 적이 있었다.

자신들은 그가 천마신교나 혈교의 첩자인 줄 알고 고수들을 대동했지만 사실 그걸 꼬투리로 잡기 위한 청성의 작전이었다.

결국 그 사건 때문에 개방은 자그마치 금자 백 냥에 이르는 배상금을 물어주어야 했었다.

'이런 젠장. 본 방에 뭐라 설명하지…….'

백발노인은 자신의 일진을 탓하며 한숨을 푹푹 내쉬었다.

그 모습을 바라보고 있던 곽후가 딱딱한 말투로 말했다.

"볼일이 끝났다면 돌아가 봐도 되겠소?"

"……그러시오. 하지만 본 방은 귀 파에 전혀 해코지할 의사가 없었음을 밝히고 싶소."

백발노인이 사정하듯 말해 오자 곽후는 가볍게 고개를 끄덕였다.

"알았소. 그나저나 요구한 정보는 줘야 하지 않겠소?"

그 말에 백발노인이 품속에서 서신 한 장을 꺼내 곽후에게 슬쩍 밀 듯 던졌다.

서신이 공중에서 한 바퀴 스윽 돌더니 곽후의 손아귀에 떨어졌다.

놀라운 한 수였지만 곽후는 아무렇지 않게 서신을 갈무리한 후 마연지를 데리고 분타에서 벗어났다.

멍하니 서 있던 거지들의 시선이 백발노인에게 닿자 백발노인이 눈을 부라리며 욕을 내뱉었다.

"뭘 봐, 이것들아! 다 꺼져!"

거지들이 투덜거리며 사라지자 홀로 남은 백발노인이 털썩 주저앉듯 바위에 걸터앉았다.

"젠장, 똥 밟았군."

* * *

걸어가는 내내 곽후는 말이 없었다.

그 뒤를 마연지가 조용히 따르고 있었는데 그녀의 머릿속은 복잡하기만 했다.

'그때 보았던 그자가 천마신교 소속이라고? 그가 실종된 것과 관련이 있을 수도 있으려나? 그나저나 곽후는 언제 기분이 풀어지려나.'

이것저것 생각을 하던 도중 마연지는 곽후가 멈춰 있는 것을 발견하지 못하고 부딪칠 뻔했다.

곽후가 가볍게 손으로 어깨를 잡자 마연지의 얼굴이 살짝 붉어졌다.

얼굴이 화끈거리자 마연지가 얼른 고개를 휙 돌리며 풍경을 구경하는 척했다.

'미쳤구나, 미쳤어!'

그러나 곽후가 진지한 표정을 짓고 있는 것을 보고는 애써 표정을 굳혔다.

조용히 침묵을 지키던 곽후가 갑자기 마연지를 뒤돌아보았고 방심하고 있던 마연지의 얼굴은 홍시처럼 붉어졌다.

"왜, 왜 그러냐?"

"천마신교에 볼일이 있다고 하지 않으셨습니까?"

"그, 그랬지."

"같이 가도 되겠습니까?"

곽후의 진중한 눈빛을 멍하니 바라보던 마연지가 고개를 연신 끄덕이며 답했다.

"그, 그래."

마연지는 자신의 행동에 대해 어처구니가 없었다.

이래 봬도 강호 칼밥 먹은 지 십 년이 넘었다.

웬만한 일에 눈 한 번 끔벅 안 하고 살인도 많이 해 봤으며 말 그대로 강호에 골이 날 정도였다.

그러나 이런 감정엔 익숙지 않았다.

어색했지만 싫지 않은 감정.

그런 감정이 마연지의 가슴속에 서서히 스며들고 있었다.

'이게 뭘까.'

그렇게 그들의 발걸음은 천마신교가 있는 십만대산으로

옮겨지고 있었다.

*　　*　　*

　넓디넓은 공터에 작은 오두막집 하나가 우뚝 서 있었다.

　주인이 잘 다듬은 듯 특별히 삐져나온 곳 없이 아기자기
하고 보기 좋았다.

　특이하게도 마당에는 작은 연무장이 하나 만들어져 있었
는데 매우 깔끔한 것을 보아 하루를 거르지 않고 청소함이
분명했다.

　연무장 옆에는 앉을 수 있는 작은 바위와 연못이 있었는
데 그렇게 잘 어울릴 수가 없었다.

　바위에는 흑의를 차려입은 사내가 걸터앉아서 멍하니 연
못을 바라보고 있었다.

　그의 눈빛은 고요하고 마치 우물과도 같이 칙칙하여 기이
한 느낌이 들었다.

　흑의사내의 허리춤에는 고색창연한 고검이 매어져 있었는
데 검집은 투박해 보였지만 자세히 보면 명인의 솜씨가 깃
든 것임을 알 수 있었다.

　멍하니 연못을 바라보던 흑의사내가 슬쩍 옆을 바라보았다.

　옆에는 언제 나타났는지 모를 흑의인이 부복해 있었다.

　"태상 교주님을 뵈옵니다."

"무슨 일이냐?"

흑의사내, 독고천의 물음에 흑의인이 고개를 정중히 숙였다.

"다름이 아니라 개방의 운남 분타에서 태상 교주님의 신상을 조사했다는 정보가 입수되었습니다."

"운남?"

"예, 운남 분타입니다."

"운남이라면 점창이 거기 있지?"

독고천의 중얼거림과도 같은 말에 흑의인이 고개를 끄덕였다.

"예, 점창파가 운남의 패자로 군림하고 있습니다."

점창이란 말에 문뜩 뇌리에 누군가 스쳐 지나갔다.

"그 녀석을 잊고 지냈군."

당차고 검에 대해 경악할 만한 재능을 가진 소년.

자신의 두 번째 제자인 곽후.

십 년 후 찾아가겠다며 점창에 맡겨 둔 제자.

홀로 고개를 주억거리며 중얼거리던 독고천이 흑의인에게 명했다.

"그 신상을 원한 자를 알아보도록."

"존명."

그 말을 끝으로 흑의인이 증발하듯 없어지자 혼자 남은 독고천이 슬쩍 몸을 일으켰다.

바람에 독고천의 상의가 휘날렸는데 놀랍게도 엄청나게 커다란 상처가 복부에 새겨져 있었다.

복부뿐만이 아니었다.

팔과 등, 어깨 등 온몸이 칼로 그어진 상처로 도배되어 있었다.

잠시 자신의 상처를 매만지던 독고천이 검을 뽑아 들었다.

아무 소리도 들리지 않았다.

검집에서 검이 뽑히며 검명을 흘려야 하건만 조용했다.

독고천의 검에서는 아무런 기세도 흘러나오지 않았고 마치 나무 몽둥이 같았다.

분명 칼날은 햇빛에 비치며 맑은 빛을 발하고 있었지만 존재감이 없었다.

독고천이 오른발을 앞으로 내딛었다.

스윽.

옷깃이 바람에 휘날리며 소리를 냈지만 정작 독고천의 몸에서는 아무런 소리가 나지 않았다.

독고천의 신형이 흐려지며 갑자기 앞으로 쏘아져 나갔다.

고요, 그 자체였다.

독고천의 검이 미친 듯 허공을 베어 나가고 있었다.

지나가던 이가 본다면 자신의 귓구멍을 후비며 자신의 귀가 이상하다고 생각할 정도로 아무런 소리도 들려오지 않았다.

연무장 옆에는 거목이 세워져 있었는데 독고천의 검이 거목을 향해 찔러 갔다.

독고천의 검이 거목을 횡으로 그었을 때 거목이 천천히 옆으로 미끄러지기 시작했다.

본래 나무가 넘어가기 시작하면 우지끈 하는 굉음과 함께 소음이 나기 마련이었다.

그러나 마치 얼음판에서 미끄러지듯 쓰러져 가는 거목은 조용히 넘어가고 있었다.

거목이 기우뚱 하더니 땅에 닿았다.

쿠웅!

그제야 굉음이 울려 퍼지며 먼지가 자욱이 허공에 휘날렸다.

먼지가 걷히자 독고천은 검을 검집에 집어넣으며 눈을 비볐다.

졸린 듯 눈을 비비던 독고천이 문득 하늘을 올려다보았다.

청명한 날씨에 구름이 둥둥 떠다니고 있었다.

"날씨가 좋군."

第九章
사부제자(師父弟子)

중얼거리던 독고천이 손을 슬쩍 들었다.

사삭!

순식간에 모습을 드러낸 흑의인이 정중히 고개를 숙였다.

"부르셨습니까."

"제대로 된 인피면구 하나 만들어 와라."

"특별히 원하시는 것이 있습니까?"

"그냥 내 모습과 다르면 된다."

"존명!"

흑의인이 사라지자 독고천은 바위에 드러눕더니 조용히 읊조리듯 중얼거렸다.

"날씨가 정말 좋군."

＊　　＊　　＊

투박한 문체의 현판이 걸린 산문 앞에 듬직한 모습의 무사 두 명이 서 있었다.

그들은 붉은빛의 의복을 입고 있었는데 오른쪽 구석에는 작은 꽃 문양이 새겨져 있었다.

무사들의 기도는 심상치 않았고 자세히 보면 그들의 주먹이 다른 사람들과는 달리 생겼다는 것을 알 수 있었다.

다른 사람들의 주먹에 비해 자그마치 두 배 이상은 컸는데 온통 상처투성이어서 얼마나 수련을 했는지 얼핏이나마 추측이 가능했다.

무사들은 형형한 안광을 부릅뜬 채 주위를 살피고 있었는데 저 멀리서 누군가 걸어오는 것을 보고 눈을 찌푸렸다.

"저기 누가 오는데?"

왼쪽에 있던 코에 사마귀가 나 있는 무사가 고개를 갸웃거리자 오른편에 있던 이마에 삼자 주름이 있는 무사가 고개를 끄덕였다.

"맞네. 근데 한 명뿐인가? 오늘 손님이 온다고 선약이 되어 있었나?"

"금시초문인데."

무사들이 이야기를 나누고 있을 무렵, 어느새 사내는 산문 지척에 다가와 있었다.

사내는 청의를 입고 있었고 등 뒤에 검을 짊어지고 있었는데 놀랍게도 왼쪽에 있어야 할 팔이 없었다.

의복 사이로 드러나는 온몸은 상처투성이였고 왼쪽 이마로부터 오른쪽 턱까지 커다란 검상이 있어 흉측해 보였다.

청의사내가 산문 위에 있는 현판을 낮은 목소리로 읽었다.

"진주언가."

무사들이 정중히 고개를 숙였다.

"예, 진주언가입니다. 선약이 있으십니까?"

"선약이야 있지."

청의사내의 중얼거리는 듯한 말에 무사들이 고개를 갸웃거렸다.

"오늘 저희는 선약이 없다고 통보를 받은 상태라 그런데 어디서 누가 오셨다고 전해 드리면 되겠습니까?"

무사의 정중한 말투에도 불구하고 청의사내는 입을 다물어 버렸다.

그러나 무사들은 예의를 잊지 않았다.

"어디서 오셨습니까?"

그제야 청의사내의 굳게 닫혀 있던 입이 천천히 열렸는데 그 말은 꽤나 섬뜩한 말이었다.

"저승에서 왔다."

무사들의 이마에 핏줄이 두드러졌다.

"이놈이 보자보자 하니까 감히 진주언가를 업신여길 셈이냐! 당장 꺼져라!"

무사들이 험악한 인상으로 욕을 내뱉었지만 청의사내는 꼼작도 하지 않았다.

그 모습에 무사들이 산문에서 내려와 청의사내의 팔을 양쪽에서 잡았다.

"어서 꺼지라고……. 어라?"

이상했다.

분명 무언가 지나간 느낌이 들었는데 청의사내는 검을 뽑은 흔적도 없었고 아무런 소리조차 들리지 않았다.

무사들은 문득 자신들의 팔에서 이질감이 느껴지자 무의식적으로 팔을 쳐다보았다.

멀쩡했던 팔이 위에서부터 아래로 작은 혈선이 그어지기 시작하더니 보물 상자처럼 천천히 열리기 시작했다.

찌이익!

피부가 갈라지며 허연 것이 보이고 피가 폭포수처럼 쏟아져 나오기 시작했다.

푸아악!

"으, 으아악!"

무사 두 명은 두 팔을 잃은 충격에 뒤로 널브러지며 땅을 기었다.

그 모습을 내려다보던 청의사내가 섬뜩한 미소를 지었다.

"내가 말했잖아. 저승에서 왔다고. 운 좋은 줄 알아. 오늘 기분이 좋으니까."

만족한 듯 미소를 머금고 있던 청의사내가 무사들을 가볍게 뛰어넘고는 산문을 가볍게 밀었다.

끼이익!

문이 열리자 진주언가 내 제자들의 시선이 대문에 쏠렸다.

갑자기 들린 비명 소리에 안에 있던 제자들이 모두 정문으로 모여들고 있었기에 널브러진 채 신음을 흘리고 있는 무사의 모습을 보지 않고도 사내가 좋은 뜻으로 온 손님이 아님을 알 수 있었다.

제자들이 솟구치며 뛰어오르더니 순식간에 청의사내를 둘러쌌다.

"누구냐!"

"이곳이 어딘지 알고 침입하는 것이냐!"

제자들이 흉흉한 기세를 흘리며 당장에라도 덤벼들 듯 청의사내를 압박했지만 태연자약했다.

"가주 있나?"

"감히 가주님을 찾다니, 죽고 싶은 게로구나!"

성격이 급한 제자 몇 명이 신형을 날렸다.

그런데 허공으로 솟구쳤던 제자들의 움직임이 멎더니 밑

에서 무언가가 당긴 것처럼 땅으로 떨어졌다.

청의사내가 미소를 머금더니 오른손을 쫘악 펴고는 하나
씩 접으며 중얼거렸다.

"하나, 둘, 셋."

셋을 셈과 동시에 제자들의 목이 힘없이 떨어졌다.

"사, 사술이다!"

사술이라고 의심될 만큼 엄청난 쾌검에 모두들 경악을 감
추지 못했으나 청의사내는 무덤덤했다.

"미안, 지금은 기분이 안 좋아서 힘이 조금 들어갔네."

"도, 도대체 넌 누구냐!"

제자 중 우두머리로 보이는 거한이 당황하며 묻자 청의사
내가 빙긋 웃었다.

방금 네 명을 순식간에 살해한 자의 미소라고는 볼 수 없
는 순진무구한 미소였다.

"마동진."

*　　*　　*

슬슬 날이 어두워졌다.

곽후는 품속에서 지도를 꺼내더니 쫘악 펼쳤다.

"약 한 시진 정도 가면 객잔이 있으니 거기서 머물면 될
겁니다."

마연지는 살짝 고개를 까닥였다.

그 모습에 곽후는 의아함을 느꼈다.

분명 항상 당차고 어찌 보면 무례하기까지 했던 마연지의 모습이 변한 것이다.

얼굴도 자주 붉히면서 부끄러워하는 모습에 곽후는 나름 재밌다고 느꼈다.

차가워 보이던 마연지가 그러한 모습을 보여 줄 때마다 어딘가 귀여웠기 때문이다.

괜스레 흐뭇해지면서 미소가 지어지는 그녀의 행동에 기분이 좋아지던 차였다.

이것저것 생각을 하며 미소를 머금던 곽후가 저 멀리서 느껴지는 인기척을 느끼고는 슬쩍 걸음을 멈췄다.

마연지도 그것을 눈치챘는지 서서히 걸음 속도를 늦추기 시작했다.

"누구지?"

"잘 모르겠습니다. 그런데 혼자인 것 같군요."

숲 속 건너편에서 걸어오는 자는 허리가 기역 자로 꺾인 노인이었다.

검은 수염을 가슴까지 길게 길었고 온 이마에는 주름이 세 줄 정도 짙게 나 있었다.

눈은 뱁새처럼 정말 작았는데 눈동자가 안 보일 정도였다.

"안녕한가?"

노인의 입에서 듣기 싫은, 쇠가 긁는 소리가 들려오자 마연지가 인상을 확 찌푸렸다.

"뭐예요? 왜 길을 막고 난리야."

숲 속의 길은 매우 좁아서 겨우 두 명이 걸어갈 수 있을 정도였는데 노인이 중앙에 선 채 떡하니 막고 있는 것이었다.

"이보시오."

곽후가 슬쩍 앞으로 나서며 진중하게 말했지만 노인은 킬킬거리며 성큼성큼 다가왔다.

순간, 닭 목조차 비틀 힘도 없어 보이는 노인에게서 무서울 정도로 엄청난 기세가 뿜어져 나왔다.

"커헉."

그와 동시에 곽후가 피를 토하며 무릎을 꿇더니 한참 동안이나 일어나질 못했다.

노인은 여유롭게 뒷짐을 지고 마연지에게 다가갔다.

마연지도 기세에 눌려 차마 움직이지 못한 채 부들부들 떨고 있었다.

노인이 슬쩍 마연지를 살펴보더니 씨익 웃었다.

마연지는 그 웃음에 무언가 익숙함을 느끼고는 저도 모르게 고개를 갸웃거릴 수밖에 없었다.

생전 처음 보는 음침한 노인네에게서 익숙한 무언가가 느껴졌던 탓이다.

어느새 노인에게서 뿜어져 나오던 강대한 기세도 없어져

있었다.

"당신……."

마연지가 말을 하던 도중 정신을 잃고 앞으로 고꾸라졌다.

노인이 가볍게 마연지를 받아 옆구리에 끼고는 엎어져 있던 곽후의 혼혈을 짚은 후 반대편 옆구리에 꼈다.

노인은 몇 번 주위를 훑어보더니 신형을 날렸다.

휘익!

노인의 모습이 어둠 속에 사라졌다.

모두가 없어진 숲 속에는 고요만이 가득할 뿐이었다.

*　　*　　*

곽후가 신음을 흘리며 겨우 몸을 일으켰다.

"으윽."

깊은 내상을 입었는지 숨을 쉴 때마다 복부가 바늘로 찌르듯 아파 오기 시작했다.

조심스럽게 복부를 쓰다듬던 곽후가 주위를 두리번거렸다.

짹짹!

새소리가 고요한 숲 속에 울려 퍼졌고 동굴인지 주위는 매우 어두웠다.

간신히 몸을 추슬러 빛이 흘러나오는 곳으로 천천히 걸어 갔다.

동굴 밖으로 나오자 놀랍게도 작은 오두막집이 눈앞에 펼쳐졌다.

비록 낡긴 했지만 꾸준히 관리한 듯 깔끔해 보였다.

"일어났군."

오두막집 옆에는 그때 보았던 노인이 킬킬거리며 바위에 걸터앉아 있었다.

그제야 마연지가 없어졌음을 깨닫고는 날카롭게 소리치듯 말했다.

"여자는?"

"그 여자 말인가? 그 여자는 잘 지내고 있지."

쇠를 긁는 듯한, 날카롭고 거슬리는 소리였지만 곽후는 개의치 않았다.

곽후의 눈매가 한층 깊어지기 시작했다.

"어찌했지?"

"상처 하나 없지."

"도대체 왜 우리를 납치한 것이지?"

"납치라니. 자네에게 좋은 것을 주고자 하는 것이지."

노인이 천연덕스럽게 대꾸하자 곽후가 그제야 인상을 찌푸렸다.

"더 이상 정중히 대해 주지 못하겠군."

그와 동시에 곽후의 신형이 솟구쳤다.

곽후의 주먹이 당장에라도 노인의 얼굴에 꽂힐 것 같았지만 노인의 신형이 흐릿해지더니 어느새 옆에 서 있었다.

곽후는 곧바로 땅에 늪혀 있던 나뭇가지를 주워 듬과 동시에 노인에게 휘둘렀다.

슈욱!

나뭇가지가 엄청난 파공음을 내며 노인의 뺨을 후려쳤다.

짜악!

뺨을 맞은 노인은 한 발자국도 움직이지 않고 오히려 씨익 웃었다.

곽후의 등에 소름이 돋았다.

'도대체 이 노인은…….'

노인이 누런 이를 내보이며 씨익 웃으며 중얼거리듯 말했다.

"많이 죽었군. 그렇게 내력이 실린 공격을 할 때는 하체에 힘을 줘야지."

갑자기 노인의 손바닥이 곽후의 이마를 내려쳤다.

짜악!

경쾌한 소리와 함께 곽후가 뒤로 나자빠졌다.

"컥!"

곽후의 이마에는 선명한 손자국이 붉게 찍혀 있었다.

노인이 곧바로 곽후의 배 위에 올라탔다.

"커헉!"

'뭔 놈의 무게가…….'

노인의 무게가 아니었다.

장정 한 명이 배 위에 올라온 듯 묵직한 느낌이 곽후의 복부를 괴롭혔다.

거기다 노인의 발바닥에는 내력이 돌고 있어서 곽후는 꿈쩍도 하지 못했다.

그저 끓어오르는 내력을 가라앉히며 이를 악무는 것이 곽후가 할 수 있는 전부였다.

"으으, 도대체 나에게 왜 이러는 것이냐!"

곽후가 이성을 잃고 화를 내자 복부 위에 서 있던 노인이 미소를 지웠다.

"인내가 부족해졌군."

곽후는 고통 속에서도 의문점이 조금씩 생겨나기 시작했다.

아까부터 눈앞의 노인은 마치 자신을 안다는 듯 말을 해왔다.

또한 무언가 낯설지 않은 기분이 연신 곽후의 몸을 자극하고 있었다.

분명 눈앞의 노인은 자신이 아는 사람 중 한 명이었다.

많은 사람들이 뇌리 속에 스쳐 지나갔다.

지금같이 차가우면서도 무언가 뜨거운 느낌이 드는 사람.

"아!"

어느새 노인은 복부에서 내려온 채 곽후를 내려다보고 있었다.

왠지 모르게 얼굴은 달랐지만 노인의 눈빛은 곽후가 기억하는 그것과 같았다.

곽후가 조심스럽게 몸을 일으키며 멍하니 노인을 쳐다보았다.

잠시 노인을 바라보던 곽후가 천천히 무릎을 굽히더니 정중히 절을 했다.

곽후의 몸은 부들부들 떨리고 있었다.

"제자 곽후가 사부님을 뵙니다."

곽후가 고개를 들었을 때 그는 예전 기억하던 얼굴을 볼 수 있었다.

독고천의 손에는 인피면구가 들려 있었고 그의 손에는 목검이 들려 있었다.

"실력 좀 보자."

독고천이 나직이 말하며 곽후에게서 뺏어 놓았던 검집을 돌려주었다.

곽후가 검집을 받고 어리둥절한 표정을 짓자 독고천의 표정이 날카로워졌다.

"검을 뽑아라."

곽후가 진중한 표정을 지으며 검을 뽑았다.

아까와는 달리 날카로운 기세가 흘러나오자 독고천이 살짝 고개를 까닥였다.

"십 년 동안 놀지만은 않은 것 같군."

너무나 반가워서 당장에라도 웃고 떠들고 싶었지만 곽후는 더 이상 어린애가 아니었다.

자신이 성장했다는 것을 인정받기 위해선 이 시험을 통과해야 한다고 본능이 말해 주고 있었다.

곽후의 신형이 뒤로 쓰윽 미끄러지듯 물러섰다.

엄청난 긴장감이 감돌았다.

곽후는 천천히 보법을 밟으며 이리저리 움직이기 시작했고 독고천은 그저 눈동자만 돌리며 곽후의 움직임을 쳐다볼 뿐이었다.

그러나 곽후는 상대방을 경시하지 않았다.

상대방은 자신을 기세만으로 제압한 사부였다.

비록 예전에 강했다고 얼핏 알고는 있었지만 이 정도인 줄은 몰랐다.

성장함에 따라 보이는 것이 많아지니 사부의 강함도 절실히 와 닿고 있었다.

꿀꺽!

곽후가 마른침을 삼키며 독고천의 빈틈을 찾으려 노력했다.

그 모습을 조용히 쳐다보던 독고천이 혀를 찼다.

"지금 허점을 찾으려는 건가? 내가 그렇게 가르쳤나? 허점은 찾는 게 아니라 만드는 것이다."

말과 동시에 독고천이 손가락으로 무언가를 퉁 하고 튕겼다.

슈욱!

파공음과 함께 날카로운 무언가가 곽후의 이마를 노리고 쇄도해 왔다.

곽후가 급히 허리를 뒤로 젖히며 옆으로 몸을 날렸다.

콰앙!

곽후가 놀라며 뒤를 보자 자그마한 돌멩이 하나가 바위에 박혀 있었다.

박힌 주위에는 마치 강한 무언가가 내려친 듯 아주 박살이 나 있었다.

'이런 젠장.'

곽후는 절망감에 빠져들었다.

자신이 누구던가.

점창의 장문인마저 자신의 검을 이겨 내지 못했고 또래들과의 비무에도 진 적이 없던 자신이었다.

그런데도 사부의 옷깃조차 건드리지 못했다.

패배감이 몸을 짓눌러 왔다.

곽후는 어깨를 축 늘어뜨린 채 멍하니 땅을 바라보았다.

눈앞에는 어느새 다가왔는지 모를 독고천이 서 있었다.

갑자기 독고천의 손아귀가 곽후의 뺨을 후려쳤다.

짜악!

경쾌한 소리와 함께 곽후의 몸이 공중에서 한 바퀴 돌더니 널브러졌다.

"크윽."

곽후가 벌떡 일어서자 그를 바라보던 독고천이 어처구니가 없다는 듯 혀를 찼다.

"내가 너를 점창에 두고 간 것은 그곳에서 자만심이라는 것을 겪었고 그것에 대해 경각심을 가졌기에 그것을 평생 잊지 말라는 의미로 점창에 너를 두고 간 것이었다. 그런데다 허사였군."

곽후는 아무 말도 하지 못했다.

한마디라도 하면 당장에라도 절망감에 몸이 버텨 내지 못할 것 같아 그저 고개를 푹 숙였다.

"내가 천마신교 출신이라는 것은 알겠지?"

"예."

"그렇다면 잘되었군. 무공은 높아졌지만 썩어 버린 정신을 고쳐 보도록 하지."

독고천의 차가운 말투에 곽후는 그저 고개를 더욱 숙일 수밖에 없었다.

그도 절실히 느끼고 있었다.

그러나 기뻤다.

드디어 자신의 잘못을 혼내고 제대로 잡아 주는 사부를 만난 것이 너무나도 좋아서 당장에라도 방방 뛰어다니고 싶었다.

고개를 푹 숙이고 있는 곽후의 얼굴에는 희미한 미소가

머금어져 있었다.

'정말 보고 싶었습니다. 사부님.'

잠시간의 정적이 흐르고 독고천이 곽후의 어깨를 툭툭 가볍게 치더니 지나가는 말투로 말했다.

"고생했다."

그러나 그 말을 들은 곽후는 세상을 모두 가진 듯 차오르는 포만감에 환한 미소를 지었다.

"고맙습니다. 참 그런데 그녀는?"

곽후가 의아한 듯 묻자 독고천이 오두막 안을 가리켰다.

오두막 문이 벌컥 열리며 마연지가 싱긋 웃어 왔다.

"내가 보고 싶었나 보지?"

마연지가 무사한 것을 보자 곽후는 안도의 한숨을 내쉬며 문뜩 자신의 감정이 조금씩 흔들리고 있다는 것을 느꼈다.

'좋아하나 보군.'

오두막집에서 걸어 나오던 마연지가 곽후에게 다가오더니 갑자기 곽후의 검을 낚아챘다.

곽후는 정신적으로 나른해져 있었고 육체적으로 피곤한 상태였기에 쉽사리 검을 내줄 수밖에 없었다.

갑작스런 상황에 곽후는 당황하며 마연지를 부르려 했지만 마연지는 어느새 독고천 앞에 서서 검을 겨눈 상황이었다.

독고천이 슬쩍 자신의 목젖을 노리고 있는 검과 마연지의 얼굴을 번갈아 쳐다보더니 나직이 물었다.

"뭐지? 그쪽도 검을 배우고 싶나?"

"아니, 묻고 싶은 것이 있어서."

마연지가 냉기 풀풀 날리며 말하자 독고천이 태연자약한 표정으로 고개를 끄덕였다.

도저히 목젖 앞에 검이 놓인 채 위협을 당하는 사람 같지 않았다.

"천마신교…… . 맞지?"

독고천이 까닥였다.

"천마신교에서 높은 자리에 있나?"

"그런 편이지."

그 말에 마연지의 눈동자는 한층 깊게 가라앉았고 곽후의 눈동자는 살짝 흔들렸다.

천마신교의 고수인 것만 들어도 충격적이었는데 거기다 높은 자리에 있다니.

"왠만한 정보가 모두 들어오는 자리에 있나?"

또다시 독고천이 고개를 까닥이자 마연지가 날카롭게 되물었다.

"마동진을 아나?"

마동진이라는 말에 독고천이 그제야 가볍게 미소를 지었다.

"알고 말고."

"어떻게 알지?"

마연지가 당장에라도 검으로 찌를 듯 한 걸음을 옮기며

차갑게 물었다.

독고천이 나직이 답했다.

"악연이라 볼 수 있지. 총 두 번 싸웠는데 두 번 다 우열이 나지 않았지."

"……싸웠다고?"

독고천의 말을 들은 마연지의 눈동자가 경악으로 물들었다.

자신의 오빠가 누구던가.

강호팔대고수는 물론이고, 강호절대삼인들 조차 한수 접어준다던 정도련주가 아니던가.

무적제 마동진!

심지어 천하제일인이라고 조심스럽게 거론까지 되는 마당에 자신의 오빠와 호적을 다툰 이가 눈앞에 서 있다고?

"……당신, 도대체 누구야?"

마연지의 등에서는 식은땀이 흐르고 있었다.

눈앞의 사내는 고수니 뭐니 판단할 수 있는 사내가 아닌 것이다.

"……교주?"

마연지가 조심스럽게 묻자 독고천이 고개를 내저었다.

그러자 마연지가 안도의 한숨을 내쉬었다.

이렇게 강한 자가 교주가 아니라는 사실은 다음과 같았다.

거짓말쟁이라는 것!

'하긴 그 누가 그와 겨뤘다는 이야기는 들어 본 적이 없

지. 감히 날 속이려 하다니!'

"흥."

상대방이 거짓말을 하고 있다는 것을 알자 마연지의 표정은 다시 여유를 찾았다.

"빨리 사실을 말해. 마동진이 어디로 갔는지 아나?"

"그걸 왜 나한테 묻지?"

"당신은 천마신교의 고위직에 있고 그는 천마신교에 연락을 받고 나서 실종이 되었으니까. 당신은 무언가라도 들었겠지."

마연지의 검이 독고천이 목젖과 더욱 가까워졌다.

그것을 조용히 바라보던 독고천이 슬쩍 손을 들더니 검지와 엄지로 마연지의 검극을 살짝 잡았다.

마연지가 슬쩍 검을 비틀었지만 놀랍게도 검은 꿈적도 안 했다.

마연지의 손이 부들부들 떨리기 시작했고 이마는 핏줄이 튀어나오기 시작했다.

마연지가 십성의 내력을 쏟아붓고 있었지만 검은 흔들릴 줄을 몰랐고 독고천의 표정은 자그마한 변화조차 없었다.

"버릇이 없군."

빠각!

굉음과 함께 검극이 박살 나며 파편이 튀었다. 그 모습에 마연지는 경악을 감추지 못했다.

맨손으로 검을 부러뜨리다니.

웬만한 절정고수도 쉽사리 하지 못할 것을 아주 가볍게 한 것이다.

독고천이 손가락에 묻은 파편을 툭툭 털더니 마연지와 곽후를 번갈아 쳐다보았다.

독고천의 눈빛을 받은 그들은 가슴이 철렁 떨어지는 것만 같았다.

그만큼 그의 눈빛은 차갑고 냉정하여 보는 이의 사람을 얼게 할 정도였다.

조용히 입을 다문 채 둘을 노려보던 독고천이 입을 열었다.

"본 교로 가서 교육 좀 받아야겠군."

*　　　*　　　*

곽후와 마연지는 멍하니 서로를 바라보았다.

그들이 입고 있던 의복은 예전에 벗겨진 지 오래였고, 지금은 통일된 흑의를 차려 입고 있었다.

구석에는 용 문양이 새겨져 있었는데 그것은 아직 정식으로 제자가 되지 않은 수련생이라는 것을 뜻했다.

"빨리빨리 움직여!"

거친 인상의 흑의사내가 곽후의 엉덩이를 걷어차며 거칠게 말했다.

곽후가 이를 갈며 뒤를 흘겨보았지만 곧바로 독고천의 말을 상기하고는 그저 분을 삭일 수밖에 없었다.

"네가 데려온 그녀 덕분에 내가 곤란에 빠졌다. 고로 본래 그녀를 죽여야 함이 맞겠지. 그녀가 죽길 원하나?"

"절대로 안 됩니다."

"그래? 그럼 비밀도 지키고 그녀도 죽지 않는 좋은 방법이 있지."

그게 바로 그들이 여기서 땀을 흘리고 있는 이유였다.

곽후와 마연지는 강제로 천마신교에 입교를 당하고 만 것이었다.

자신이 믿고 항상 그리워하던 사부에게 말이다.

마연지와 곽후는 최대한 서로 떨어지지 않으려 애를 썼고 덕분에 같은 조가 될 수 있었다.

"난 네놈들 같은 놈들을 많이 봐 왔다. 뭐, 최고가 되겠느니 하면서 근성도 없고 태도도 글러 먹은 놈들. 그것들이 바로 네놈들이다."

흑의사내가 빈정거리며 말했지만 모두들 긴장한 채 그의 말을 경청하고 있었다.

그러나 곽후는 명문정파인 점창에서 십 년 이상 살아온 인물.

쉽사리 천마신교에 적응할 리가 없었다.

"그런 식으로 윽박만 지르면 오히려 수련을 방해하는 겁니다."

정적이 흘렀다.

다른 수련생들이 놀라며 곽후를 쳐다보았고 흑의사내의 얼굴이 종잇장처럼 일그러졌다.

"누군가?"

"곽후라고 합니다."

"나와."

곽후는 덤덤한 표정을 지으며 흑의사내 앞에 섰다.

그러나 곽후는 잊고 있던 것이 있었다.

'무공이 있으면 도주할 수도 있으니 내가 점혈해 놓도록 하지.'

독고천의 나지막한 말이 곽후의 뇌리 속에 스치는 순간 흑의사내의 발이 그의 복부에 박혔다.

퍼억!

묵직하게 꽂힘과 동시에 곽후가 신음을 흘리며 무릎을 꿇었다.

곧바로 흑의사내의 무릎이 곽후의 턱을 올려쳤다.

콰악!

곽후의 입에서 두 개의 이빨이 허공으로 튀어 올랐다.

뒤로 널브러진 채 피를 흘리고 있는 곽후를 내려다보던

흑의사내가 다시 수련생들에게 고개를 돌리며 씨익 웃었다.

"또 누구 불만 있는 사람?"

조용했다.

아무도 나오지 않자 곽후는 어처구니없는 표정을 지으며 수련생들 사이에서 애써 시선을 피하고 있는 마연지를 실망한 눈초리로 쳐다보았다.

곽후와 시선이 마주친 마연지가 미안함을 참지 못하고 고개를 푹 숙이며 달싹였다.

'후야, 미안.'

그렇게 곽후와 마연지의 천마신교 생활기가 시작되고 있었다.

*　　*　　*

회의사내는 단상 위에 기우뚱하게 앉은 채 인상을 찌푸리고 있었다.

그 아래에는 많은 사내들이 부복한 채 부들부들 몸을 떨고 있었는데 모두들 공포 어린 표정을 감추지 못했다.

"그래, 내가 누군지는 알지?"

회의사내가 눈썹을 찌푸리며 묻자 부복해 있던 사내들 중 가장 가운데 있던 중년인이 천천히 고개를 들었다.

"정도련주……."

중년인은 진주언가의 가주 언하운이었는데, 그는 권법의 대가로 이름을 날렸지만 실질적으로는 강시술의 대가였다.

그러나 강시술이라는 것이 강호에서는 배척받는 기술이다 보니 잘 알려지지 않았다.

"가주."

마동진의 중얼거림과도 같은 말에 언하운이 마른침을 삼키며 고개를 끄덕였다.

"자네가 강시술에 뛰어나다고 들었는데, 맞아?"

예상치 못한 말에 언하운은 눈동자를 동그랗게 떴다.

얼굴의 상처 탓에 약간은 일그러져 보이는 마동진이 자신을 노려보고 있었다.

언하운이 재빨리 대답치 않자 마동진의 얼굴이 더욱 일그러졌다.

언하운이 급히 대꾸했다.

"아, 알긴 하오."

"그냥 알면 안 돼. 뛰어나야지. 뛰어난가?"

언하운이 말을 잇지 못했지만 마동진은 이번에는 커다란 미소를 지으며 벌떡 일어섰다.

"표정을 보아하니 뛰어나구만. 한 번 실력 좀 보지."

마동진이 성큼성큼 걸어가더니 오른쪽 구석의 벽 앞에 섰다.

아무것도 없는 벽이었지만 언하운의 이마에서 식은땀이

흘러내리고 있었다.

마동진이 언하운을 바라보며 씨익 웃었다.

"뭐하나, 얼른 열지 않고?"

"……도대체 그걸 어떻게 알았소?"

언하운이 착잡한 표정을 지은 채 물었지만 마동진은 표정조차 변하지 않으며 벽을 두들겼다.

텅텅!

꽉 찬 소리가 들려와야 할 벽에서 울려 퍼지는 빈 소리.

벽 뒤에 빈 공간이 있다는 소리였다.

"빨리 열어보라니까."

마동진의 눈이 번뜩였다.

언하운이 마지못해 벽으로 다가가더니 오른쪽과 왼쪽을 몇 번 두들겼다.

툭툭!

순간, 아무것도 없는 벽이 소음을 일으키더니 옆으로 벌어지며 열리기 시작했다.

끼이이익!

벽이 열리자 슬쩍 안을 살핀 마동진이 언하운을 바라보며 입이 찢어져라 웃었다.

"앞장 서."

언하운이 문 안으로 들어가자 어두웠던 길이 순간적으로 불길이 일어나며 훤히 밝혀졌다.

화르르!

불꽃이 타오르며 길을 밝혀 주자 마동진은 언하운 뒤를 쫓았다.

일각을 넘게 걸었을까.

커다란 방 하나가 나왔는데, 그곳에는 여러 개의 침대가 놓여 있었다.

침대 위에는 새파란 안색의 사람들이 누워 있었는데 온몸에 이상한 문양들이 새겨져 있었다.

강시!

마동진은 눈을 어린애처럼 동그랗게 뜨며 이리저리 강시들을 살폈다.

가끔 팔을 들어 보기도 하고 뺨을 꾹꾹 찔러 보기도 했다.

"신기하군, 신기해. 다들 어떤 상태인 거지?"

착잡한 표정으로 마동진을 지켜보던 언하운이 천천히 입을 열었다.

"다들 살아는 있소. 하지만 정신이 제압당해 있을 뿐이오."

언하운의 말을 듣는 둥 마는 둥하던 마동진이 만족한 듯 고개를 주억거렸다.

마동진이 언하운에게 성큼성큼 다가가더니 눈을 마주쳤다.

언하운은 저도 모르게 무릎을 꿇었다.

알지 못할 묘한 기운이 언하운의 온몸을 짓누르고 있었다.

마동진이 활짝 웃었다.

"아주 좋아. 한 번 일으켜 봐."

언하운은 잠시 머뭇거리다 체념했는지 누워 있는 강시에게로 다가갔다.

순간, 언하운의 손에서 푸르스름한 빛이 나와 강시의 머리를 휘감았다.

후웅!

작은 바람이 휘날리며 조용히 누워 있던 강시가 갑자기 눈을 떴다.

마치 인형같이 어색한 표정을 짓고 있던 강시는 기괴한 각도로 온몸을 꺾으며 벌떡 몸을 일으켰다.

그 모습에 마동진이 다가오더니 강시의 몸을 만지작거리며 중얼거렸다.

"호오, 이곳에 내력을 흘려보내서 심지를 제압한 후에 이곳을 내력으로 막아 놓은 건가?"

한참 동안 강시를 만지작거리던 마동진이 만족한 듯 고개를 주억거리며 언하운의 어깨를 툭, 쳤다.

"좋아. 명령을 해 봐."

"앞으로 이 보."

언하운의 말에 강시가 앞으로 이 보를 걸었다.

그 이후로 내려진 명령에도 한 치의 오차 없이 명령을 따랐다.

"강시는 당신의 말만 듣는 건가?"

"그렇소. 이자에게는 내 내력이 있기 때문에 나의 말만
듣는 것이오."

"그럼 내 내력이 있다면?"

"당신 말을 들을 것이오."

언하운의 말에 마동진이 고개를 끄덕이며 사람을 살폈다.

"그럼 굳이 말로 명령을 해야 하나?"

"본 가에는 자죽(滋竹)이라는 피리가 있소. 그것으로도
조종할 수 있소."

언하운이 자죽이라는 피리를 보여 주자 마동진은 마음에
드는지 한참 동안이나 자죽을 이리저리 살피며 몇 번 불어
보기도 했다.

"좋아, 좋아!"

마동진이 상기된 표정으로 자죽을 품 안에 집어넣었다.

언하운이 살짝 움찔거렸지만, 이내 포기했는지 고개를 푹
숙였다.

어느새 언하운 옆에 다가온 마동진이 언하운 귓가에 입를
가져가며 속삭였다.

"이렇게 오천 명만 만들자고."

"뭐, 뭐라고 했소?"

언하운이 어처구니없다는 듯 되물었지만 마동진은 표정

하나 바뀌지 않았다.

"오천 명, 만들라고."

"가, 강호라도 지배할 셈이오?"

언하운이 그제야 경악하며 묻자 마동진은 당연하다는 표정을 지었다.

"그래, 강호를 지배해야지."

활짝 웃던 마동진의 얼굴이 갑자기 흉신악살처럼 날카롭게 변했다.

"……그래야 그 후 그놈을 죽일 수 있으니까."

*   *   *

하북성은 때 아닌 사건들로 점철되어 갔다.

처음에는 마을에서 멀리 떨어진 화전민들이 하나둘 사라지는 것에서 시작되었다.

이리저리 움직이는 화전민들이기에 다른 곳으로 갔으려니 하며 별로 신경을 쓰지 않던 사람들.

하지만 어느 순간부터 마을 하나가 통째로 없어지는 어처구니없는 사건이 일어났다.

워낙에 인적이 드문 마을이었는지라 원래라면 없어진 줄도 몰랐을 일이지만, 때마침 두 달에 한 번 있는 장에 가는 날이라서 몇몇 청년이 마을에서 나가 있었다.

장에서 돌아와 보니 자신을 반겨 주던 마을 사람들이 전부 다 사라진 상황!

청년들은 헐레벌떡 왔던 길을 되돌아가 관청에 이 사실을 알렸다.

이렇게 마을 사람이 사라진 마을만 벌써 다섯 곳.

하북성의 백성들이 사라지자 본래 관에서 나와서 조사를 해야 했지만 정권 자체가 문란하고 혼란스러웠던 판에 직접적으로 나서질 못했다.

결국 하북성을 책임지고 있는 개방과 하북팽가, 그리고 진주언가가 움직이기 시작했다.

하북팽가는 도법에 능하고 장법에도 조예가 있는 명가 중의 명가였다.

진주언가와도 교제가 잦은 하북팽가의 장로, 팽용치는 진주언가의 산문 앞에 서 있었다.

본래 하북팽가와 진주언가는 경쟁 의식 같은 것이 있어서 그리 친하지 않았다.

하지만 팽용치는 달랐다.

그는 진주언가와의 유일한 연줄이라고도 볼 수 있는 자였다.

그렇기에 하북팽가에서 팽용치를 겸사겸사 보낸 것이다.

"안녕하신가?"

팽용치가 씨익 웃으며 인사하자 산문 앞을 지키고 있던

무사가 고개를 정중히 숙였다.

"오랜만입니다, 팽 장로님."

"아, 그래. 안에 가주님 계신가?"

"지금 출타를 하셔서 계시지 않습니다."

"어허, 가는 날이 장날이라더니. 그래, 오실 때까지 기다려도 되겠는가?"

팽용치의 물음에 무사가 당혹해했다.

"그, 그것이……."

"어허, 뭐 어떤가."

팽용치가 자연스럽게 무사를 옆으로 밀치며 산문 안으로 들어섰다.

산문 안으로 들어선 팽용치는 거침없이 전각 이리저리를 지나 자신이 개인적으로 좋아하는 연무장으로 발걸음을 향했다.

진주언가는 독특하게도 연무장이 실내에 있었는데, 그래서 그런지 더욱 관리가 잘되어 있었다.

무사는 급히 팽용치를 막기 위해 뒤쫓았지만 팽용치의 가벼우면서도 재빠른 보법을 따라잡지 못했다.

"허허, 정말 오랜만이군."

팽용치가 연무장의 문을 열었다.

벌컥!

그리고 팽용치는 그저 입을 쩍 벌린 채 경악할 수밖에 없었다.

"이, 이게……."

평상시라면 진주언가의 커다랗고 깔끔한 연무장에 감탄사를 내뱉어야 했다.

그러나 팽용치를 맞이한 것은 하나의 경악할 만한 광경이었다.

약 백여 명에 달하는 사람들이 멍한 표정을 지은 채 서 있는 것이었다.

그것은 남녀노소 구분이 없었다.

팽용치의 뇌리 속에 무언가 스쳐 지나갔다.

"서, 설마……."

"누구지?"

팽용치가 놀라며 급히 신형을 날렸다.

팽용치가 서 있던 자리에는 회의사내가 고개를 갸웃거리며 팽용치를 바라보고 있었다.

"너 누구냐? 진주언가에서 한 번도 본 적이 없는 얼굴인데."

"네, 네놈이 이런 짓을 했느냐!"

팽용치가 분노하며 일갈하듯 묻자 회의사내가 피식 웃었다.

"아, 다른 곳에서 온 놈이군. 이름이 뭐냐?"

"나는 하북팽가의 팽용치다! 네놈은 누구냐!"

팽용치가 분개하며 묻자 회의사내가 자신을 손가락으로

가리키더니 씨익 웃었다.

"마동진."

마동진이라는 이름을 되새기던 팽용치의 눈동자가 경악으로 물들었다.

"무, 무적제……!"

순간, 팽용치의 움직임이 멎었다.

천천히 팽용치의 목덜미가 갈라지기 시작하더니 피분수가 쏟아져 나왔다.

푸아악!

팽용치가 앞으로 고꾸라지자 그것을 조용히 지켜보던 마동진이 나직이 물었다.

"저놈도 강시로 만들 수 있나?"

그러자 어느새 옆에 다가왔는지 언하운이 고개를 끄덕였다.

"죽은 지 한 시진이 지나지 않으면 강시로 만들 수 있소. 단지 제약이 있을 뿐."

"흠, 좋군. 그럼 저놈의 무공도 어느 정도 구사할 수 있는 건가?"

"살아생전보단 떨어지겠지만 초식 정도는 구사할 수 있소."

그 말을 들은 마동진이 흐뭇한 미소를 지었다.

"좋아, 실시해."

"알겠소."

언하운은 군말 없이 팽용치의 시신을 일으키더니 연무장

구석으로 옮겼다.

팽용치의 옷을 모두 벗긴 후 머리 부근과 목 부근에 내력을 넣은 언하운은 품속에서 침을 꺼내 몸 곳곳에 꽂아 넣었다.

한때 친우였던 팽용치의 몸을 강시로 만드는 언하운의 눈에서는 슬픔조차 찾아볼 수 없었다.

오히려 언하운의 눈에서는 불꽃과도 같은 눈빛이 흘러나오고 있었다.

'강호여, 비록 나의 손은 아니지만 드디어 복수의 날이 다가오고 있다.'

언하운은 문뜩 과거가 생각났다.

아버지인 언죽진이 죽고 진주언가의 세력은 급속도로 무너지기 시작했다.

진주언가는 매우 폐쇄적이기 때문에 가주 혼자서 대부분의 무공을 알고 있었다.

즉, 진주언가의 비기 대부분의 구결이 언죽진의 머릿속에 있다는 말이었다.

결국 언죽진이 의문스런 암습으로 죽고 나서 아들인 언하운은 비기를 되찾기 위해 혼신의 노력을 다했다.

그러나 결국 진주언가는 서서히 몰락해 갔고 주위의 문파에 도움을 청했지만, 아무도 도와주려 하지 않았다.

오히려 함께 연구했던 강시술마저 진주언가에게 떠넘기며 감히 어떻게 사람을 연구의 대상으로 쓸 수 있느냐며 배척했다.

오히려 지금이 잘된 일이었다.

본래라면 이렇게 쉽사리 진주언가가 절대고수 한 명에게 제압당할 리 없었다.

그만큼 예전의 진주언가는 많은 수의 강시를 거느리고 있었고, 그 수준은 구파일방의 절반에 이르는 전력과 비교할 만했다.

오히려 절대고수가 등장하게 되면 강시들의 물결에 휩쓸려 목숨을 잃을 터였다.

하지만 그 많은 강시가 전대 가주의 죽음과 함께 날아가 버린 상황.

든든한 버팀목이었던 강시가 사라진 지금.

마동진의 등장은 언하운이 기다리던 바였다.

무적제 마동진!

천하제일고수라 불려도 손색없는 자가 아니던가.

오히려 그런 자가 강시술에 관심을 가지고 진주언가에 찾아온 것만 해도 행운이라 볼 수 있었다.

진주언가주 언하운의 야망은 이제 시작이었다.

*   *   *

"선착순 다섯 명!"

흑의사내의 외침과 동시에 대기하고 있던 사내들의 신형

이 솟구쳤다.

사내들의 신형은 그리 빠르진 않았지만 나름 무공을 익힌 티가 났는데 맨 뒤에 뒤처진 회의사내는 헐떡이며 그 뒤를 쫓았다.

회의사내, 곽후는 죽을 맛이었다.

마연지는 무공을 제압당하지 않았기에 오히려 날아다니며 입문생들을 뛰어넘고 있었다.

그러나 곽후는 무공을 제압당한 후 천마신교 입문생들의 훈련을 그대로 소화하고 있는 것이었다.

천마신교의 훈련은 본래 악독하고 힘들기로 유명했는데 무공이 없는 채로는 결코 참여도 하지 못할 정도였다.

그러나 곽후는 놀랍게도 뒤처지고는 있지만 훈련을 무리 없이 소화하고 있었다.

맨 뒤에서 열심히 달려가는 곽후를 바라보던 흑의사내가 혀를 찼다.

"대단하군. 분명 그분이 내력을 못 쓰도록 점혈해 놓으셨다고 했는데 말이지."

한참을 뛴 후에 절벽을 오르라고 시켰다.

무공을 쓰지 못하면 불가능에 가까울 정도로 수직인 절벽이었고 보기만 해도 아찔할 정도였다.

그러나 뒤늦게 도착한 곽후는 땀에 절어 있었지만 느릿느릿하게나마 절벽을 오르고 있었다.

"잘하고 있나?"

흑의사내가 흠칫 놀라며 옆을 바라보자 어느새 왔는지 모를 독고천이 서 있었다.

흑의사내가 곧바로 부복하며 정중히 고개를 끄덕였다.

"태상 교주님을 뵈옵니다. 놀랍게도 잘해 내고 있습니다. 정말로 내력을 제압해 놓으셨습니까?"

"그래."

독고천의 나직한 말에 흑의사내가 재차 혀를 차며 고개를 절레절레 내저었다.

"정말 괴물입니다. 아무리 입문생들의 훈련이라고 하지만 내력을 쓰지 못할 경우에 까닥 실수라도 했다간 바로 저세상입니다. 그런데 비록 처지긴 해도 모든 훈련을 소화하고 있습니다."

조용히 흑의사내의 말을 듣고 있던 독고천이 고개를 주억거렸다.

"그렇겠지."

독고천이 전혀 놀랍다는 반응을 보이지 않자 흑의사내가 눈동자를 굴렸다.

'그걸 미리 아셨단 말인가.'

"내 제자인데 그 정도는 해야지."

독고천의 나직한 말이었지만 흑의사내의 눈동자는 커질 대로 커질 수밖에 없었다.

천마신교 지존의 제자!

그 이름은 당연히 거대할 수밖에 없었다.

비록 천마신교 자체가 힘으로 서열이 나누어지는 세계이긴 하지만 절대자에게 가르침을 받는 만큼 유리한 고지에 설 확률이 높았다.

흑의사내는 새삼 절벽을 힘겹게 올라가고 있는 곽후를 다시 바라보았다.

잠시간의 정적이 흐르고 독고천이 흑의사내의 팔에 껴 있던 견장을 하나 뺏었다.

흑의사내가 놀라며 독고천을 쳐다보자 독고천이 어깨를 으쓱였다.

"내가 교두를 하고 싶은데, 괜찮겠지?"

"영광입니다."

흑의사내가 정중히 고개를 숙이며 다른 팔에 껴 있던 견장마저 건네주었다.

양쪽 팔에 견장을 낀 독고천이 미소를 머금었다.

그러나 독고천의 눈에서는 독사와도 같은 싸늘하고도 무서운 눈빛이 흘러나오고 있었다.

*　　*　　*

천마신교의 입문생들은 고개를 갸웃거릴 수밖에 없었다.

악마와도 같았던 자신들의 교두가 없어지고 웬 날카로운 인상의 사내가 교두의 견장을 차고는 눈앞에 나타났던 것이다.

"반갑다. 내가 오늘부터 교두를 맡을 것이다."

입문생들은 고개를 갸웃거릴 뿐이었지만 곽후의 등은 식은땀으로 젖어 갔다.

그는 본능으로 알 수 있었다.

앞으로 지옥이 펼쳐질 것이라는 것을.

아니나 다를까.

갑자기 날카로운 인상의 사내, 독고천이 한쪽을 가리켰다.

그곳에는 어제의 절벽보다 족히 두 배는 높은 절벽이 있었는데, 잡을 곳도 마땅치 않아 아무도 사용하지 않는 곳이었다.

악독한 교두들도 그곳은 위험지역이라 판단하고 자제해 왔었다.

한데 신참 교두가 곧바로 그 절벽을 지목한 것이다.

아무리 입문생들이 무조건 명령을 따라야 하는 입장이라고는 하지만, 그들은 아직 천마신교에 제대로 물들지 않는 신참내기들이었다.

그러니 말도 안 되는 것에 대해 절로 불평이 나올 수밖에 없었다.

"그건 무리입니다, 교두님."

"예, 전 교두님도 위험하다고 판단하셔서 그곳으로 보내진 않았습니다. 죽을 수도 있습니다."

곽후는 당장에라도 입문생들의 입을 쥐어 막고 싶었다.

조용히 입문생들의 불평불만을 듣고 있던 독고천의 눈이 차갑게 가라앉았다.

입문생들은 그것이 자신들의 건의가 통했다는 뜻인 줄 알고 서로 중얼거리며 내심 자축하고 있었다.

입문생들의 웅성거림이 끝나자 입을 다물고 있던 독고천이 씨익 웃으며 나직이 물어왔다.

"죽을 수도 있다고?"

초승달 같은 곡선을 그린 독고천의 입가는 얼음장 같은 눈동자와 함께 매서운 날을 번뜩이고 있었다.

아까 전만 해도 입문생들의 열기에 뜨겁게 달구어져 있었거늘, 어느새 하나둘 오들오들 전신을 떨었다.

입김마저 보이는 것은 눈의 착각일 터.

이윽고 지옥의 사자 같은 독고천의 입이 열렸다.

"그럼 죽어."

〈『천마신교』 제6권에서 계속〉

天魔神教
천마
신교

1판 1쇄 찍음 2013년 5월 7일
1판 1쇄 펴냄 2013년 5월 10일

지은이 | 운후서
펴낸이 | 정 필
펴낸곳 | 도서출판 뿔미디어

편집장 | 이재권
기획·편집 | 문정흠
편집디자인 | 이진선
관리, 영업 | 김기환, 임순옥

출판등록 | 2002년 9월 11일 (제081-1-132호)
주소 | 부천시 원미구 상3동 533-3 아트프라자 503호 (우)420-861
전화 | 032)651-6513 / 팩스 032)651-6094
E-mail | bbulmedia@hanmail.net

값 8,000원

ISBN 978-89-6775-302-3 04810
ISBN 978-89-6775-126-5 04810 (세트)